今古奇觀

Marvellous Tales of the Past and Present

參 三難新郎

抱甕老人——編
曾珮琦 編註

今古奇觀

目次

三難新郎

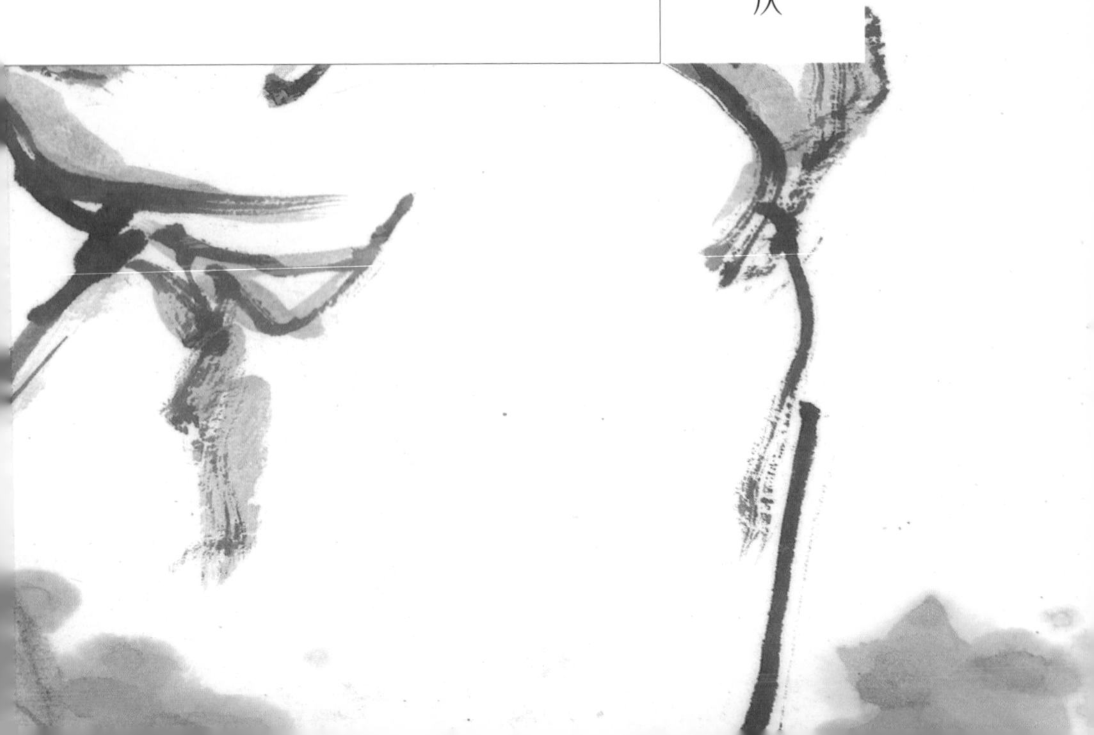

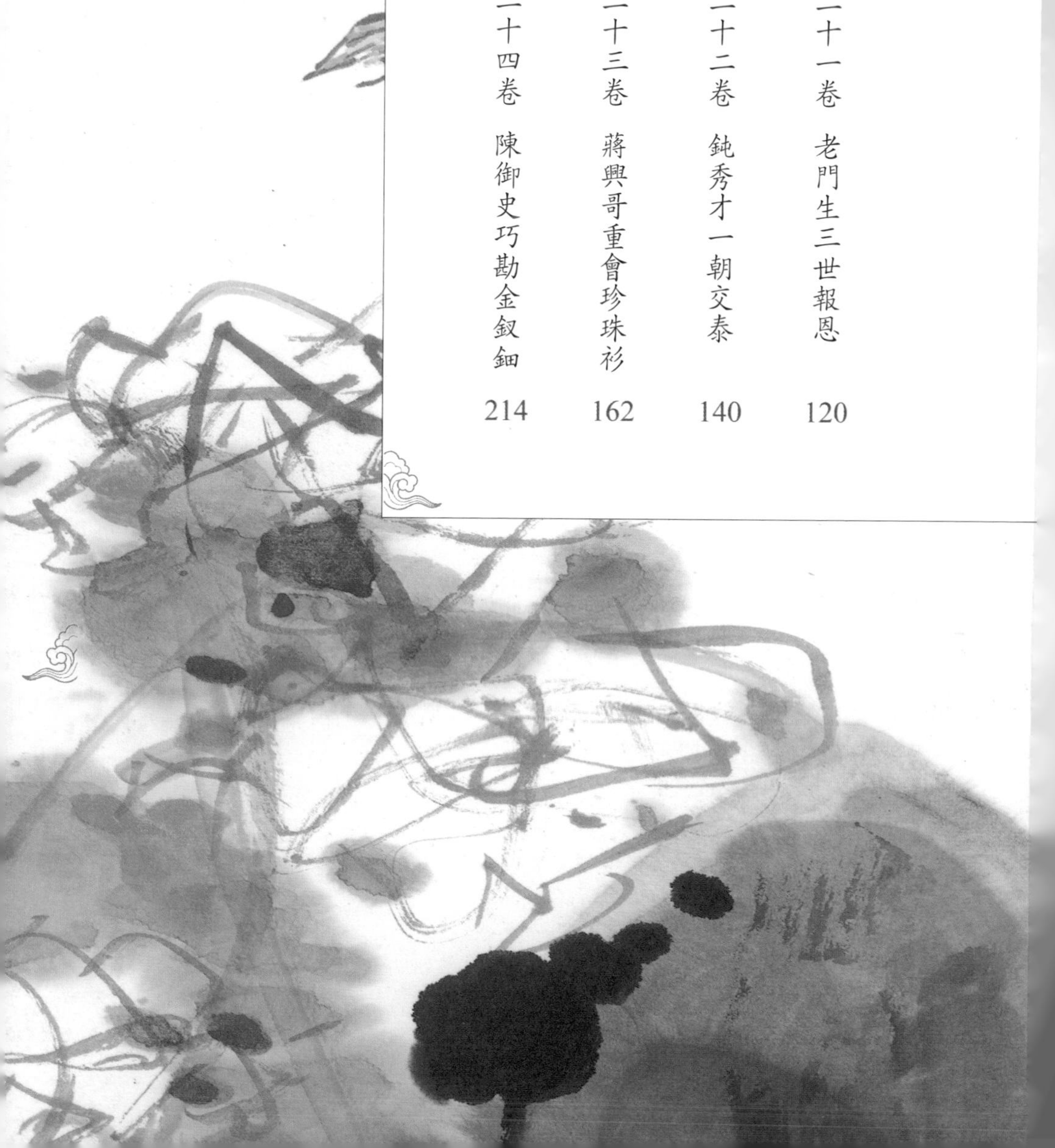

導讀

《今古奇觀》——三百年前的暢銷書

前台北醫學院兼任副教授
現爲洪健全基金會敏隆講堂講師
葉思芬

《今古奇觀》原是三百年前的一部暢銷書。它是「世情小說」，是相聲瓦舍說書先生說給老百姓聽的奇聞；是市井書生寫給市井老百姓看的異事。裡面的愛恨情仇、悲歡離合，不再著重於神魔鬼怪、帝王將相或英雄豪傑。即便有，也率皆由庶民觀點、眾生角度去揣摩。所以故事中的生活起居、應酬世務、思想反應、行動基準，幾乎可以說就是十六、十七世紀明朝城市經濟、升斗小民的忠實記錄。

《今古奇觀》是抱甕老人由一百二十篇的《三言》、《二拍》挑選成輯的。雖說有忠孝節義、文以載道的企圖，但最精彩的還是在描繪市井小民的生活氣息、生存智慧，甚至生命觀這部份。透過這四十篇小說，我們看到了人世間至今猶然的最俗世的想望。以讀書爲業的，就是苦讀、登科、出仕、平安富貴終老；一般百工各業的，則是風調雨順、國泰民安、家庭美滿、子孫繁茂。這些，與我們現在的「五子登科」（銀子、妻子、兒子、房子、車子）是完全一樣的。

茲就內容簡單舉例。

以政治來說，明朝的司法最是黑暗。〈陳御史巧勘金釵鈿〉是根據社會新聞改編的眞人眞事；〈沈小霞相會出師表〉則指名道姓是嘉靖奸相嚴嵩迫害忠良的司法檔案。而普通百姓一旦被扯入官司通常就是家破人亡、妻離子散。像〈蔡小姐忍辱報仇〉，倖存者只能苦苦忍耐，祈求天理昭彰，能有沉冤得雪的那一天，那是多麼卑微但堅持的等待。

「一品官，二品客。」《三言》

明朝人固然熱中於「一舉成名天下知」的科舉。但因爲城市經濟發達，商人階級抬頭，老百姓遂有「經商亦是善業，不是賤流」《二拍》的說法。但是，商人從來重利輕別離，男人行商在外，妻子獨守家園，人生隨即充滿意外。〈蔣興哥重會珍珠衫〉就是這樣一篇充滿曲折情節，既寫實又浪漫，亦喜亦悲的佳作。文中除了男歡女愛之外，也同時讓我們見識到四百年前湖廣襄陽的城市文明與中產階級商人富裕、活潑的生活與思想。

十載寒窗也許還無人問，但經商致富似乎可以更快捷。只要有探險精神，幾年間出人頭地大有人在。〈轉運漢遇巧洞庭紅〉就是把握時運速成致富的好例子。〈徐老僕義憤成家〉則在歌頌人情義理之餘，也鼓勵小老百姓「富貴本無根，盡從勤裡得」。

「春濃花艷佳人膽」《醉翁談錄》

兩性之間的話題，永遠最受歡迎。《今古奇觀》不乏士子與妓女之間的愛戀與背叛。上京趕考、初入社會的年輕人迷戀綺羅香閨情場老手的京都名妓，本是那時節流行的社會風氣。〈杜十娘怒沉百寶箱〉即是一篇代表作。

名妓杜十娘用盡心機以爲覓得良緣，卻中途遭良人轉賣，氣憤絕望下，她將萬金私產盡數投河。然後，在眾人驚呼聲中，投河自盡。這樣決絕，當然不是「殉情」，而是對自己所託非人最沉重的抗議。

同樣精彩的還有這篇〈賣油郎獨占花魁〉。販夫走卒賣油郎偶然撞見名妓花容，遂起心動念拼命存錢，想買上佳人一笑。女主角花魁淪落風塵，癡想有朝能「趁好的從良」。她背著老鴇努力經營自己的人脈、金庫。終於在認識賣油郎後，感動於他高潔的人品與至誠溫厚的個性，於是靠著智慧擺脫娼家，獲得美滿結局。這故事也見證了社會低層小人物憑藉毅力追求「自己當自己的主人」這種可貴的生命態度。

《今古奇觀》既如上所言是「世情小說」，它所涉及的當然是世情百態：有司法壓迫下，無奈堅忍的〈盧太學詩酒傲公侯〉；有負心漢遭棒打，爲天下女子出一口悶氣的〈金玉奴棒打薄情郎〉；既有男扮女裝皆大歡喜的〈喬太守亂點鴛鴦譜〉；當然也有女扮男裝出遊透氣，兼爲自己覓得佳婿的〈女秀才移花接木〉。此外，也有類似大仲馬《基度山恩仇記》的〈宋金郎團圓破氈笠〉；甚至還有「仙人跳」的〈趙縣尹喬送黃柑子〉和「詐騙集團」的〈誇妙術丹客提金〉……眞是誠如書中原序所言：「極摹人情世態之岐，備寫悲歡離合之致。」

世態無古今，人性永常在。

《今古奇觀》曾經是三百年前的暢銷書，也應會是現在的暢銷書。

導讀

市井小民的不平凡故事

曾珮琦

「説話」藝術起源自唐代，到了兩宋時期，由於商業經濟的繁榮。在臨安、汴京等大城市，「説話」成爲市井小民主要的文化娛樂。所謂「説話」就是講故事，這類故事大多以韻文與敘事的散文爲其講演形式，在説話藝人講正文故事之前，往往會先以相關的詩、詞語小故事做爲開場白，來引起觀眾的注意。正文以敘事爲主，其中會依情節的需要穿插詩、詞，有評論、襯托的作用。末尾往往以一首四句詩或八句詩做爲總結。説話藝人，不可能即興的講演情節完整，内容豐富的故事，這時候「話本」這種文學題材就應運而生。「話本」，原本只是説話藝人講演故事的底本，用以備忘或者傳授徒弟等用途。後來，隨著説話藝術的興盛，一種文人模仿「話本」體制所創作的通俗白話小説也應運而生，這種文人仿作的話本稱爲「擬話本」。明代，由馮夢龍創作的「三言」（《喻世明言》、《警世通言》、《醒世恆言》」）與淩濛初創作的「二拍」（《初刻拍案驚奇》、《二刻拍案驚奇》），就是屬於「擬話本」。在當時大受讀者的歡迎，卻因爲木刻印刷，書價昂貴，不是一般普羅大眾能夠輕易閱讀的到，所以抱甕老人有感於此，從「三言」、「二拍」中選取精華四十篇，以便推廣普及。

馮夢龍，南直隸蘇州府長洲縣（今江蘇省蘇州市）人，別號綠天館主人。淩濛初，浙江湖州府烏程縣（今浙江省湖州市吳興區織裡鎮晟舍）人，別號即空觀主人。兩人的際遇相似之處，皆是考場失意之輩，加上馮夢龍遭受閹黨魏忠賢的迫害，遂將一腔抱負用於著書立說之上。所以在「三言」、「二拍」中有許多寫科舉不第，後來發跡成名的故事，這類故事中保留了許多科舉制度的用語詞彙，如：〈鈍秀才一朝交泰〉，主人翁馬德稱自幼聰明飽學，還有個未婚妻，可謂前途一片光明，卻因父親被構陷，其父得病身亡，家道中落，淪落市井，經歷一番波折才得以金榜題名，順利迎娶未婚妻。「三言」、「二拍」之所以受

到群眾的歡迎，是因為它所撰寫的是市井小民的不平凡故事，較為貼近一般民眾的生活，例如：〈蔣興哥重會珍珠衫〉，是寫妻子紅杏出牆的故事；或者花街柳巷的愛情故事，例如：〈杜十娘怒沉百寶箱〉，是寫名妓杜十娘想要從良，與李甲兩情相悅，好不容易贖了身，李甲卻因身上缺少盤纏，回家沒法向父母交代，就把杜十娘賣給他人，杜十娘一怒之下，把自己積攢多年的積蓄百寶箱中的珠寶，盡數投入江中，隨後也跳將自盡。〈賣油郎獨佔花魁〉，是寫一名妓年幼時因戰亂與父母走散，被歹人賣到妓院去，長到後被老鴇設計陷害失身，幸好遇到賣油郎，經歷一番波折，兩人終成佳偶。抱甕老人其人已不可考，他從「三言」、「二拍」中，選取「忠孝節烈」、「善惡果報」、「聖賢豪傑」（姑蘇笑花主人以為的選文標準，寫於《今古奇觀．原序》中）等故事，一共四十篇集結成書，在篇名上亦有所改動，「二拍」有些篇名由原本的兩句，濃縮成一句，例如：「顧阿秀喜捨檀那物，崔俊臣巧會芙蓉屏」。在「三言」中原本篇名便只有一句，但有些篇名亦有少許改動，例如：「蔡小姐忍辱報仇」，《醒世恆言》的原名是〈蔡瑞虹忍辱報仇〉。除了上述的題材以外，還有一些是馮夢龍、淩濛初根據史書、志怪小說、宋元戲曲等所改編，這類作品有：〈李汧公窮邸遇俠客〉就是由宋代李昉等人編著的《太平廣記》中的〈原化記義俠〉所改編，敘述儒生房德因誤入歧途，與強盜合夥打家劫舍，畿尉李勉憐其才華，助他越獄，自己因此丟了官職。房德日後做了官，相遇李勉，怕他將自己從前之事宣揚出去，就起了歹心欲殺李勉。房德請了一位俠客，編了謊話，騙他助自己殺李勉，那位俠客信以爲眞，等見到李勉方知中計，於是折返殺了房德夫婦行俠仗義的故事。又如〈羊角哀捨命全交〉，根據戲曲中的〈羊角哀鬼戰荊軻〉改編，左伯桃與羊角哀本是布衣出身，兩人結爲知交，要一同前往楚國求取功名，兩人路上遇到大風雪，左伯桃便將衣服脫下給羊角哀穿，自己則凍死在風雪中。羊角哀後來做了楚國大夫，左伯桃託夢說在陰間受到荊軻欺凌，羊角哀爲了拯救兄弟便自刎，到了陰曹地府助左伯桃擊退荊軻。

本書選用「三言」、「二拍」的明、清善本作爲底本，理由有二：第一，本書因需收錄眉批、夾批。所謂眉批，就是文人在閱讀時後在書頁上方空白處所寫的心得筆記；夾批，則是隨手寫在字裡行間的空白處的心得筆記。這兩者稱之爲點評，是明清時期所流行的一種文學批評形式。而抱甕老人選輯的《今古奇觀》則無收錄眉批、夾批，故筆者選擇以「三言」、「二拍」的善本爲底本，輔以三民書局出版，李平先生校注的《今古奇觀》來做校勘的工

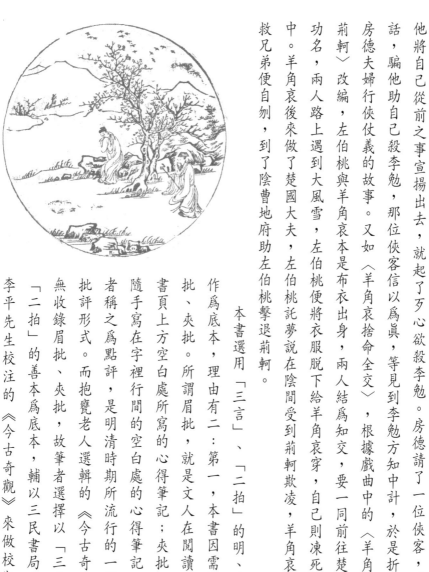

作。第二，以版本選擇來說，越接近當時代的版本可信度越大，故選擇原著「三言」、「二拍」作爲底本，而《今古奇觀》經過抱甕老人的選輯，文句或多或少都有經過刪改，可能無法完善的保留原故事的樣貌。以下詳細列出所依據的善本：《警世通言四十卷》明王氏三桂堂刊本；《醒世恆言四十卷》清衍慶堂刊本；《拍案驚奇三十六卷》消閒居刊本。在文字上本書保留了善本書的原貌，除了簡體字改成繁體外，其餘字句都是根據善本未做刪節。但古今用字難免有所出入，例如：善本書常用分付，而現今的用法則是吩咐；伏侍，現今則作服侍，且善本書使用了許多異體字，在註解處都有一一標明，以便讀者閱讀。本書所收錄的眉批根據中華書局校勘的「三言」、「二拍」版本，有學者認爲可一居士、無礙居士、綠天館主人，就是馮夢龍；即空觀主人就是淩濛初，但也有人認爲究竟是誰無法考證。

如何閱讀本書

詳細註釋：
解釋艱難字詞，隨文直書於左側，並於文中以※記號標號，以供對照。

閱讀性高的原典：
將一百回原典分為五大分冊，版面美觀流暢、閱讀性強。

列出各回回目便於索引翻閱

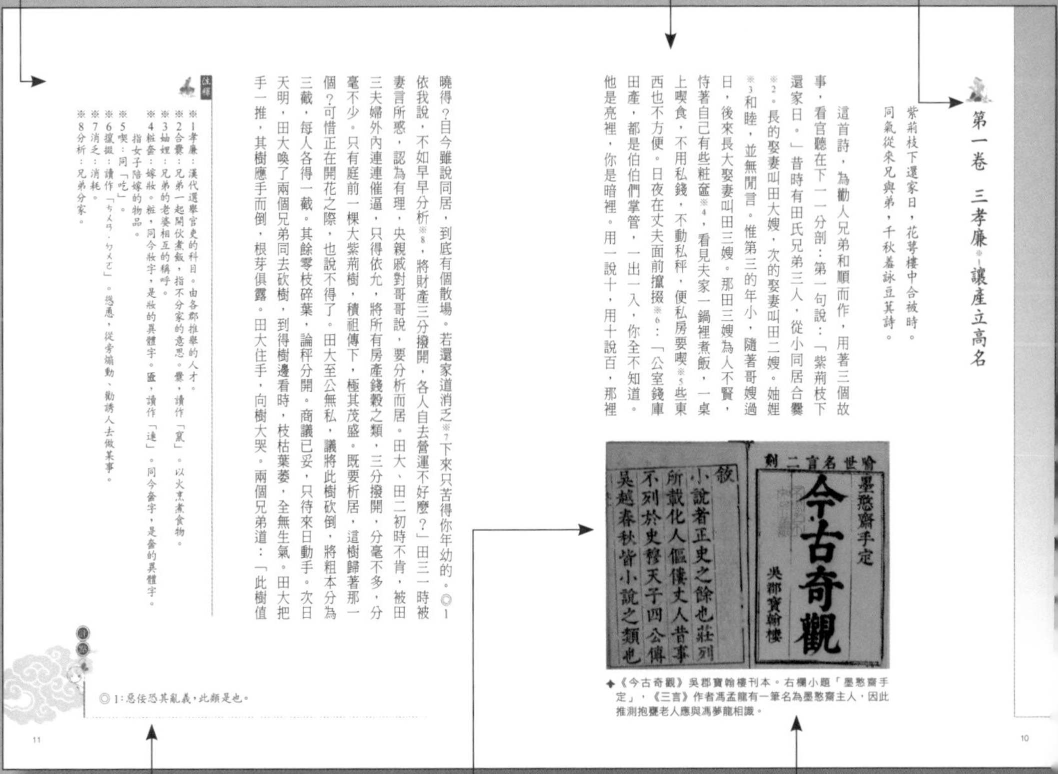

第一卷　三孝廉※讓產立高名

紫荊枝下還家日，花萼樓中合被時。
同氣從來兄與弟，千秋羞詠豆萁詩。

這首詩，為勸人兄弟和順而作，用著三個故事，看官聽在下一一分剖：第一句說：「紫荊枝下還家日。」昔時有田氏兄弟三人，從小同居合爨※2。長的娶妻叫田大嫂，次的娶妻叫田二嫂。妯娌※3和睦，並無閒言。惟第三的年小，隨著哥嫂過日，後來長大娶妻叫田三嫂。那田三嫂為人不賢，恃著自己有些粧奩※4，看見夫家一鍋裡煮飯，一桌上喫食，不用私錢，不動私秤，便私房要喫※5些東西也不方便。日夜在丈夫面前攛掇※6：「公室錢庫田產，都是伯伯們掌管，一出一入，你全不知道。他是亮裡，你是暗裡。用一說十，用十說百，那裡曉得？自今雖說同居，到底有個散場。若還家道消乏※7下來只苦得你年幼的。◎1依我說，不如早早分析※8，將財產三分撥開，各人自去營運不好麼？」田三一時被妻言所惑，認為有理，央親戚對哥哥說，要分析而居。田大、田二初時不肯，被田三夫婦外內連連催逼，只得依允，將所有房產錢穀之類，三分撥開，分毫不多，分毫不少。只有庭前一棵大紫荊樹，積祖傳下，極其茂盛。既要析居，這樹歸著那一個？可惜正在開花之際，也說不得了。田大至公無私，議將此樹砍倒，將粗本分為三截，每人各得一截。其餘零枝碎葉，論秤分開。商議已妥，只待來日動手。次日天明，田大喚了兩個兄弟同去砍樹，到得樹邊看時，枝枯葉萎，全無生氣。田大把手一推，其樹應手而倒，根芽俱露。田大住手，向樹大哭。兩個兄弟道：「此樹值

◆《今古奇觀》吳郡寶翰樓刊本。右欄小題「墨憨齋手定」，《三言》作者馮孟龍有一筆名為墨憨齋主人，因此推測抱甕老人應與馮夢龍相識。

注釋
※1孝廉：漢代選舉官吏的科目。由各郡推舉的人才。
※2合爨：兄弟一起開伙煮飯，指不分家的意思。爨，讀作「竄」。以火烹煮食物。
※3妯娌：兄弟的老婆相互的稱呼。
※4粧奩：嫁妝。粧，同今妝字，是妝的異體字。奩，讀作「連」。同今奩字，是奩的異體字。
※5喫：同「吃」。
※6攛掇：讀作「ㄘㄨㄢ．ㄉㄨㄛ」。慫恿，從旁煽動、勸誘人去做某事。
※7消乏：消耗。
※8分析：兄弟分家。

◎1：恩使恐其亂義，此類是也。

11　10

名家評點：
選收不同名家之評點，隨文橫書於頁面的下方欄位，並於文中以◎記號標號，以供對照。

彩圖：
古籍版畫、名人墨寶、相關照片等精緻彩圖，使讀者融入小說情境。

圖說：
說明性和評點性的圖說，提
讓讀者理解。

第十七卷　蘇小妹三難新郎

這聰明男子做公卿，女子聰明不出身。
若許裙釵應科舉，女兒那見遜公卿。

自混沌※[1]初闢，乾道成男，坤道成女，雖則造化無私，卻也陰陽分位。陽動陰靜，陽施陰受，陽外陰內。所以男子主四方之事，女子主一室之事。主四方之事的，頂冠束帶，謂之丈夫，出將入相，無所不為；須要博古通今，達權知變。主一室之事的，三綹※[2]梳頭，兩截穿衣，一日之計，止無過饔飧井臼※[3]，終身之計止無過生男育女。所以大家閨女雖曾讀書識字，也只要他識些姓名、記些帳目。他又不應科舉，不求名譽，詩文之事全不相干。雖然如此，各人資性不同。有等愚蠢的女子，教他識兩個字，如登天之難，有等聰明的女子，一般過目成誦，不教而能。吟詩與李、杜※[4]爭強，作賦與班、馬※[5]爭勝，這都是山川秀氣偶然不鐘于男而鐘於女。且如有曹大家※[6]，他是班固之妹，代兄續成《漢史》。又有個蔡琰

班昭像，圖片出自清代畫家上官周《晚笑堂畫傳》。

※7，製《胡笳十八拍》流傳後世。晉時有個謝道韞※8，與諸兄詠雪，有柳絮隨風之句，諸兄都不及他※9。唐時有個上官婕妤※10，中宗皇帝教他品第朝臣之詩，臧否※11一一不爽。至於大宋婦人，出色的更多。就中單表一個叫作李易安※12，一個

註

※1混沌：傳說中天地尚未形成時，處於元氣混合一體的狀態。

※2綹：讀作「柳」。此指綁束頭髮的髮帶。

※3饔飧井臼：泛指打理家務。饔飧，讀作「庸孫」。早晚兩餐。井臼，汲取井水和舂米。

※4李、杜：李白和杜甫。都是唐代享譽一時的大詩人，詩作更是傳誦千古。

※5班、馬：班固和司馬相如。都是漢代的辭賦大家。

※6曹大家：班昭，班固之妹，十四歲嫁同郡曹世叔爲妻，故被稱爲曹大家。

※7蔡琰：字文姬，東漢陳留人，蔡邕之女。才思敏捷，通曉音律，後被胡人擄去，曹操將她贖回。作〈胡笳十八拍〉、〈悲憤詩〉。後再嫁董祀。

※8謝道韞：東晉謝安姪女。陳郡夏陽（今河南太康）人，王凝之的妻子，聰穎有才華，善於言辯，以詩著稱於世。

※9與諸兄詠雪，有「柳絮隨風」之句：出自《世說新語．詠雪》：謝安在大雪天，問一群子女說：「白雪紛紛何所似？」（有什麼東西像白雪紛飛的樣子？）兄子胡兒曰：「撒鹽空中差可擬。」（謝安兄長的兒子答說：「把鹽撒至空中，勉強可以比擬。」）謝道韞答說：「未若柳絮因風起。」（不如柳絮隨風而飛，酷似白雪紛飛之狀。）

※10上官婕妤：即上官婉兒。上官儀的孫女。陝周陝縣（今河南太康）人。武則天時的女官，執掌朝廷誥命，唐中宗時受封爲昭容。婕妤，古代官名。爲漢代的高級女官，武帝時所設置，位比上卿，爵比列侯。

※11臧否：此指品評文章的高下優劣。否，讀作「匹」。

※12李易安：李清照。字易安，號漱玉，濟南（今山東省歷城縣）人。南宋女詞人，頗有才名，詩詞尤工，早期作品風格清新婉麗。後丈夫趙明誠病逝，詞風遂轉爲哀怨悲涼。著有《漱玉詞》傳世。

叫作朱淑真※13。他兩個都是閨閣文章之伯，女流翰苑之才。論起相女配夫，也該對個聰明才子。爭誇月下老錯注了婚籍，都嫁了無才無學之人，每每怨恨之情形於筆箚。有詩為證：

鷗鷺鴛鴦作一池，曾知羽翼不相宜。
東君14不與花爲主，何似休生連理枝！

那李易安有《傷秋》一篇，調寄《聲聲慢》：

尋尋覓覓，冷冷清清，淒淒慘慘戚戚。乍暖還寒時候，正難將息。三林兩盞淡酒，怎敵他、晚來風力！雁過也，總傷心，卻是舊時相識。

滿地黃花堆積，憔悴損，如今有誰忺※15摘。◎1守著窗兒，獨自怎生得黑！梧桐更兼細雨，到黃昏，點點滴滴，這次第，怎一個愁字了得！

朱淑真時值秋間，丈夫出外，燈下獨坐無聊，聽得窗外雨聲滴點，吟成一絕：

清人臨摹的李清照像。

哭損雙眸斷盡腸，怕黃昏到又昏黃。
那堪細雨新秋夜，一點殘燈伴夜長！

後來刻成詩集一卷，取名《斷腸集》。說話的，為何單表那兩個嫁人不著的？只為如今說一個聰明女子，嫁著一個聰明的丈夫，一唱一和，遂變出若干的話文。正是：

說來文士添佳興，道了閨中作美談。

話說四川眉州※16，古時謂之蜀郡，又曰嘉州，又曰眉山。山有蟆順，峨眉，水有岷江、環湖，山川之秀鐘於人物。生出個博學名儒來，姓蘇，名洵，字明允，別號老泉。當時稱為老蘇。老蘇生下兩個孩兒：大蘇、小蘇。大蘇名軾，字子瞻，

註

※13朱淑眞：宋代著名女詞人，自號幽棲居士。宋錢塘（今杭州）人。自幼讀書，工詩詞，婚姻不美滿詞作多哀怨傷感，著有《斷腸集》。
※14東君：此指春神。
※15忺：讀作「先」。意欲，想要。
※16眉州：今四川省眉山市。

眉批

◎1：忺摘詞意好。（可一居士）

別號東坡；小蘇名轍，字子由，別號穎濱。兩子都有文經武緯之才、博古通今之學，同科及第，名重朝廷，俱拜翰林學士之職，天下稱他兄弟謂之二蘇，稱他父子謂之三蘇。這也不在話下。更有一樁奇處，那山川之秀偏萃於一門。兩個兒子未為希罕，又生個女兒，名曰小妹，其聰明絕世無雙，真個聞一知二，問十答十。因他父兄都是個大才子，朝談夕講無非子史經書，目見耳聞不少詩詞歌賦，自古道：近朱者赤，近墨者黑。況且小妹資性過人十倍，何事不曉！十歲上隨父兄居於京師寓中，有繡毬花一樹，時當春月，其花盛開，老泉賞玩了一回，取紙筆題詩，才寫得四句，報說：「門前客到！」老泉擱筆而起。小妹閒步到父親書房之內，看見桌上有詩四句：

天巧玲瓏玉一丘，迎眸爛熳總清幽；
白雲疑向枝間出，明月應從此處留。

小妹覽畢，知是詠繡毬花所作，認得父親筆跡，遂不待思索，續成後四句云：

瓣瓣折開蝴蝶翅，團團圍就水晶球；

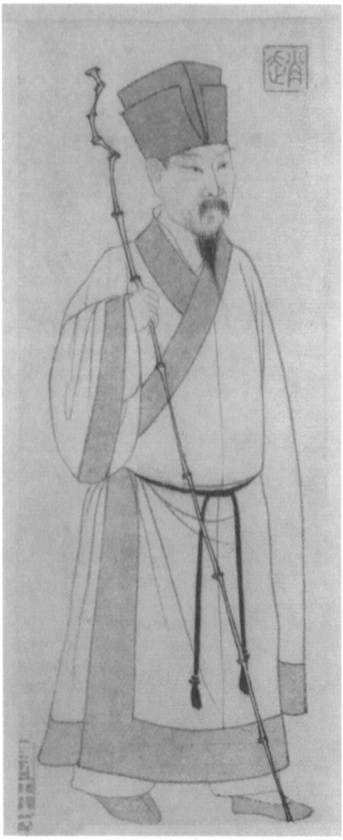

蘇軾像，元趙孟頫所繪。

假饒※17借得香風送，何羨梅花在隴頭？

小妹題詩依舊放在桌上，款步歸房。

老泉送客出門，復轉書房，方欲續完前韻，只見幾句已足，讀之詞意俱美。疑是女兒小妹之筆，呼而問之，寫作果出其手。老泉歎道：「可惜是個女子！若是個男兒，可不又是制科※18中一個有名人物！」自此愈加珍愛其女，恣其讀書博學，不復以女工※19督之。看看長成一十六歲，立心要妙選天下才子與之為配，急切難得。忽一日，宰相王荊公著堂候官請老泉到府與之敘話。原來王荊公諱安石，字介甫，未得第時，大有賢名。平時常不洗面，不脫衣，身上蝨子無數。老泉惡其不近人情，異日必為奸臣，曾作《辨奸論》以譏之。荊公懷恨在心，後來見他大蘇、小蘇連登制科，遂舍怨而修好。老泉亦因荊公拜相，恐妨二子進取之路，也不免曲意相交。◎2正是：

註

※17假饒：即使、縱使、就算。
※18制科：唐代科舉考試的一項科目，由天子親自面試。此處泛指科舉考試。
※19女工：即女紅，針線、刺繡等工作。

眉批

◎2：世情如此。(可一居士)

古人結交在意氣，今人結交爲勢利；
從來勢利不同心，何如意氣交情深。

是日，老泉赴荊公之召，無非商量些今古，議論了一番時事，遂取酒對酌，不覺忘懷酩酊。荊公偶然誇能：「小兒王雱讀書只一遍，便能背誦。」老泉帶酒答道：「誰家兒子讀兩遍！」◎3荊公道：「到是老夫失言，不該班門弄斧。」老泉道：「不惟小兒只一遍，就是小女也只一遍。」荊公大驚道：「只知令郎大才，卻不知有令愛。眉山秀氣盡屬公家矣！」老泉自悔先言，連忙告退。荊公命童子取出一卷文字，遞與老泉道：「此乃小兒王雱窗課※20，相煩點定。」老泉納於袖中，唯唯而出。回家睡至半夜，酒醒，想起前事，「不合自誇女孩兒之才。今介甫將兒子窗課屬吾點定※21，必為求親這事。這頭親事非吾所願，卻又無計推辭。」沉吟到曉，梳洗已畢，取出王雱所作，次第看之。真乃篇篇錦繡，字字珠璣，又不覺動了個愛才之意。「但不知女兒緣分如何？我如今將這文卷與女兒觀之，看他愛也不愛。」遂隱下姓名，分付丫環道：「這卷文字乃是個少年名士所呈，求我點

王安石由於被封為荊國公，後人常稱他為「王荊公」。圖為《歷代聖賢名人像冊》王安石像。

定。我不得閒暇，轉送與小姐批閱。閱完時，速來回話。」丫環將文字呈上小姐，傳達太老爺分付之語。小妹滴露研朱※22，從頭批點，須臾而畢。歎道：「好文字！此必聰明才子所作。但秀氣泄盡，華而不實，恐非久長之器。」遂於卷面批云：

新奇藻麗，是其所長；含蓄雍容，是其所短。取巍科※23則有餘，享大年則不足。

後來王雱十九歲中了頭名狀元，未幾夭亡。可見小妹知人之明。這是後話。

卻說小妹寫罷批語，叫丫鬟將文卷納還父親。老泉一見大驚：「這批語如何回覆得介甫？必然取怪。」一時汗損了卷面，無可奈何。卻好堂候官到門：「奉相公鈞旨，取昨日文卷，面見太爺，還有話稟。」老泉此時，手足無措，只得將卷面割去，重新換過，加上好批語，親手交與堂候官收訖。堂候官道：「相公還分付得有一言，動問貴府小姐曾許人否？倘未許人，相府願諧秦晉。」老泉道：「相府議

註

※20窗課：古代讀書人平日練習的文章，可能是爲了準備科舉考試而做的練筆文章。

※21點定：批改點閱。

※22滴露研朱：滴水研磨硃砂。指用朱筆評校書籍。

※23巍科：古代科舉考試名列前茅之人。依據《中華民國教育部重編國語辭典修訂本》解釋。

眉批

◎3：荊公有譽兒癖，引得老泉輕薄。（可一居士）

親，老夫豈敢不從？只是小女貌醜，恐不足當金屋之選※24。相煩好言達上，但訪問自知，並非老夫推託。」堂候官領命，回覆荊公。荊公看見卷面換了，已有三分不悅，又恐怕蘇小姐容貌真個不揚，不中兒子之意，密地差人打聽。原來蘇東坡學士，常與小妹互相嘲戲。東坡是一嘴鬍子，小妹嘲云：

口角幾回無覓處，忽聞毛裡有聲傳。

小妹額顱凸起，東坡答嘲云：

未出庭前三五步，額頭先到畫堂前。◎4

小妹又嘲東坡下頦之長云：

去年一點相思淚，至今流不到腮邊。

東坡因小妹雙眼微摳※25，復答云：

滿嘴鬍子是蘇軾的特徵，圖為《晚笑堂畫傳》中的蘇軾畫像。

幾回拭眼深難到，留卻汪汪兩道泉。

訪事的得了此言，回覆荊公，說：「蘇小姐才調委實高絕；若論容貌，也只平常。」荊公遂將姻事擱起不題。然雖如此，卻因相府求親一事，將小妹才名，播滿了京城。以後聞得相府親事不諧，慕而來求者，不計其數。老泉都教呈上文字，把與女孩兒自閱。也有一筆塗倒的，也有點不上兩三句的。就中只有一卷文字做得好。看他卷面寫有姓名，叫做秦觀※26。小妹批四句云：

今日聰明秀才，他年風流學士。
可惜二蘇同時，不然橫行一世。

註

※24金屋之選：謂被達官貴人選爲妻室。典故出自志怪小說《漢武故事》。漢武帝曾向姑母說：若能娶到表姊陳阿嬌爲妻，當建金屋以藏之。

※25摳：凹陷。

※26秦觀：生於西元一〇四九年，卒於西元一一〇〇年。字少游，號太虛，宋高郵（今江蘇省西部）人。官太學博士，累遷國史院編修官。擅長詩文，詞風柔美婉約，著有《淮海集》四十卷傳世。

眉批

◎4：眞是旗鼓相當。（可一居士）

這批語明說秦觀的文才，在大蘇、小蘇之間，除卻二蘇，沒人及得。老泉看了，已知女兒選中了此人。分付門上：「但是秦觀秀才來時，快請相見，餘的都與我辭去。」誰知眾人呈卷的都在討信，只有秦觀不到。卻是為何？那秦觀秀才字少游，他是揚州府高郵人，腹飽萬言，眼空一世。生平敬服的，只有蘇家兄弟，以下的都不在意。今日慕小妹之才，雖然衒玉※27求售，又怕損了自己的名譽，不肯隨行逐隊、尋消問息。老泉見秦觀不到，反央人去秦家寓所致意。少游心中暗喜，又想道：「小妹才名，得於傳聞，未曾面試。又聞得他容貌不揚，額顱凸出，眼睛凹進，不知是何等鬼臉？如何得見他一面，方纔※28放心。」打聽得三月初一日，要在嶽廟燒香，趁此機會，改換衣裝，覷個分曉。正是：

眼見方爲的※28，傳聞未必眞。若信傳聞語，枉盡世間人。

從來大人家女眷入廟進香，不是早，定是夜。為甚麼？早則人未來，夜則人已散。秦少游到三月初一日，五更時分就起來梳洗，打扮個遊方道人模樣：頭裹青布唐巾，耳後露兩個石碾的假玉環兒，身穿皂布

民間傳說蘇軾之妹蘇小妹為秦觀之妻，圖為清宮殿藏本秦觀畫像。

道袍，腰繫黃縧，足穿淨襪草履，項上掛一串拇指大的數珠※29，手中托一個金漆缽盂，侵早※30就到東嶽廟※31前伺候。天色黎明，蘇小姐轎子已到。少游走開一步，讓他轎子入廟，歇於左廊之下。小妹出轎上殿，少游已看見了。雖不是妖嬈美麗，卻也清雅幽閒，全無俗韻。但不知他才調真正如何？約莫焚香已畢，少游卻循廊而上，在殿左相遇。少游打個問訊※32云：

小姐有福有壽，願發慈悲。

小妹應聲答云：

道人何德何能？敢求布施！

註

※27衒玉：衒，音炫。衒玉，誇耀美玉。後用以比喻自誇美好。

※27纔：通「才」。

※28眼見方爲的：眼見爲憑的意思。

※29數珠：僧道用來計算念誦經文次數的珠串。

※30侵早：天將破曉時分。

※31東嶽廟：祭祀供奉泰山東嶽天齊仁聖大帝的廟宇，又稱天齊廟。

※32打個問訊：出家人向人行禮問好的舉動。

少游又問訊云：

願小姐身如藥樹，百病不生。

小妹一頭走，一頭答云：

隨著人口吐蓮花，半文無捨。

少游直跟到轎前，又問訊云：

小娘子一天欣喜，如何撒手寶山？

小妹隨口又答云：

風道人恁地※33貪癡，那得隨身金穴！

◆約莫焚香已畢，少游卻循廊而上，在殿左相遇。少游打個問訊云：「小姐有福有壽，願發慈悲。」（古版畫，選自《今古奇觀》明末吳郡寶翰樓刊本。）

小妹一頭說，一頭上轎。少游轉身時，口中喃出一句道：「『風道人』得對『小娘子』，萬千之幸！」小妹上了轎，全不在意。跟隨的老院子※34卻聽得了，怪這道人放肆，方欲回身尋鬧。只見廊下走出一個垂髫※35的俊童，對著那道人叫道：「相公這裡來更衣。」那道人便前走，童兒後隨。老院子將童兒肩上悄地捻了一把，低聲問道：「前面是那個相公？」童兒道：「是高郵秦少游相公。」老院子便不言語。回來時，卻與老婆說知了。這句話就傳入內裡。小妹纔曉得，那化緣的道人是秦少游假裝的。付之一笑，囑付丫鬟們休得多口。

話分兩頭。再說秦少游那日飽看了小妹容貌不醜，況且應答如流，其才自不必言。擇了吉日，親往求親。老泉應允。少不得下財納幣，此是二月初旬的事。少游急欲完婚，小妹不肯。他看定秦觀文字，必然中選。試期已近，欲要象簡烏紗※36、洞房花燭。少游只得依他。到三月初三，禮部大試之期，秦觀一舉成名，中了制科，到蘇府來拜丈人，就稟復完婚一事。因寓中無人，欲就蘇府花燭。老泉笑道：

註

※33恁地：如此、這樣。恁，讀作「任」。
※34老院子：老僕人。
※35垂髫：小男孩不束髮，此指小男孩。
※36象簡烏紗：象簡，象牙笏版，上朝啓奏的備忘錄，可供書寫記事的用途。手執象牙笏，頭戴烏紗帽。指大官的裝束。

「今日掛榜，脫白掛綠※37，便是上吉之日，何必另選日子？只今晚便在小寓成親，豈不美哉！」東坡學士從傍※38贊成。是夜與小妹雙雙拜堂，成就了百年姻眷。正是：

聰明女得聰明婿，大登科後小登科※39。

是夜，月明如晝。少游在前廳筵宴已畢，方欲進房，只見房門緊閉，庭中擺著小小一張桌兒，桌上排列紙墨筆硯，三個封兒，三個盞兒，一個是玉盞，一個是銀盞，一個是瓦盞。青衣小鬟守在門邊。少游道：「相煩傳語小姐，新郎已到，何不開門？」丫鬟道：「奉小姐之命，有三個題目在此。三試俱中式，方准進房。這三個紙封兒便是題目在內。」少游指著三個盞道：「這又甚的意思？」丫鬟道：「那玉盞是盛酒的，那銀盞是盛茶的，那瓦盞是盛寡水的。三試俱中，玉盞內美酒三杯，請進香房；兩試中了，一試不中，銀盞內清茶解渴，直待來宵再試；一試中了，兩試不中，瓦盞內呷口淡水，罰在外廂讀書三個月。」少游微微冷

盞為古代盛裝液體的器皿，圖為一對南宋黑漆葵瓣盞。（圖片來源：Metropolitan Museum of Art）

笑道：「別個秀才來應舉時，就要告命題容易了。下官曾應過制科，青錢萬選※40，莫說三個題目，就是三百個，我何懼哉？」丫鬟道：「俺小姐不比平常盲試官，之乎者也應個故事而已。他的題目好難哩！第一題，是絕句一首，要新郎也做一首。合了出題之意，方為中式；第二題四句詩藏著四個古人，猜得一個也不差，方為中式；到第三題，就容易了，只要做個七字對兒，對得好，便得飲美酒進香房了。」

少游道：「請第一題。」丫鬟取第一個紙封拆開，請新郎自看。

少游看時，封著花箋一幅，寫詩四句道：

銅鐵投洪冶，螻蟻上粉牆。陰陽無二義，天地我中央。

少游想道：「這個題目，別人必定猜不著；則我曾假扮做雲遊道人，在岳廟化緣，去相那蘇小姐。此四句乃含著『化緣道人』四字，明明嘲我。」遂於月下取

註

※37脫白掛綠：脫去秀才所穿的白衣，換上綠色的官服。指初登仕途。

※38傍：側、邊。通「旁」。

※39小登科：古代讀書人成婚的美稱。

※40青錢萬選：典故出自《新唐書．張薦傳》：「（張鷟）文辭猶青銅錢，萬選萬中。」張鷟參加過八次科舉，每次都登甲科，所以說他的文章如青銅錢，屢試屢中。用以比喻文才出眾、才華洋溢。

筆，寫詩一首於題後。云：

化工何意把春催？緣到名園花自開。
道是東風原有主，人人不敢上花臺。

丫鬟見詩完，將第一幅花箋，摺做三疊，從窗隙中塞進，高叫道：「新郎交卷，第一場完。」小妹覽詩，每句頂上一字合之，乃「化緣道人」四字，微微而笑。

少游又開第二封看之，也是花箋一幅，題詩四句：

強爺勝祖有施爲，鑿壁偷光夜讀書。
縫線路中常憶母，老翁終日倚門閭。

少游見了，略不凝思，一一注明：「第一句是孫權※41，第二句是孔明※42，第三句是子思※43，第四句是太公望※44。」丫鬟又從窗隙遞進。少游口雖不語，心下想道：「兩個題目，眼見難我不倒，第三題是個

縫線路中常憶母即遊子思母「子思」，圖為子思像。

對兒。我五六歲時，便會對句，不足為難。」

再拆開第三幅花箋，內出對云：

閉門推出窗前月

初看是覺道容易，仔細想來，這對出得儘巧。若對得平常了，不見本事。左思右想，不得其對。聽得譙樓※45三鼓將闌※46，構思不就，愈加慌迫。

卻說東坡此時，尚未曾睡，且來打聽妹夫消息。望見少游在庭中團團而步，口

註

※41孫權：生於西元一八二年，卒於二五二年。字仲謀，吳郡富春人。與漢、魏三分天下，後稱帝建業，國號吳。

※42孔明：諸葛亮，字孔明，生於西元一八一年，卒於二三四年。三國蜀漢琅琊郡陽都人（今山東省沂水縣）。輔佐劉備，赤壁之戰大敗曹操，促成蜀與魏、吳成三足鼎立之勢。劉備死後，輔助後主劉禪，封武鄉侯。最後鞠躬盡瘁，死於軍中，謚號忠武。

※43子思：孔伋（伋讀作「及」）。生於西元前四九二年，卒於西元前四三一年，字子思。孔子的孫子，曾受業於曾子，作〈中庸〉，後世稱爲「述聖」。

※44太公望：呂尚，即姜子牙。周朝初年的賢臣，年老退隱釣魚，周文王出獵，在渭水之陽偶遇，相談甚歡，曰：「吾太公望子久矣。」（我太公盼你很久了。）故號「太公望」。後輔佐武王平定殷朝，受封於齊，後世稱爲「姜太公」。

※45譙樓：城門上用以望遠的高樓。上面設置鼓，用以敲打報時。

※46闌：將盡。

裡只管吟哦「閉門推出窗前月」七個字，右手做推窗之勢。東坡想道：「此必小妹以此對難之，少游為其所困矣。我不解圍，誰為撮合？」急切思之，亦未有好對。庭中有花缸一隻，滿滿的貯著一缸清水。少游步了一回，偶然倚缸看水。東坡望見，觸動靈機，欲待教他對了，誠恐小妹知覺，連累妹夫體面，不好看相。東坡遠遠站著。咳嗽一聲，就地下取小小磚片，投向缸中。那水為磚片所激，躍起幾點，撲在少游面上。水中天光月影，紛紛淆亂。少游當下曉悟，遂援筆對云◎5：

投石沖開水底天。

丫鬟交了第三遍試卷，只聽「呀」的一聲，房門大開，房內又走出個侍兒，手捧銀壺，將美酒斟於玉盞之內，獻上新郎。口稱：「才子請滿飲三杯，權當花紅賞勞。」少游此時，意氣揚揚，連進三杯，丫鬟擁入香房。這一夜，佳人才子，好不稱意。正是：

少游在庭中團團而步，口裡只管吟哦「閉門推出窗前月」七個字，右手做推窗之勢。（古版畫，選自《今古奇觀》明末吳郡寶翰樓刊本。）

歡娛嫌夜短，寂寞恨更長。

自此夫妻和美，不在話下。後少游宦遊浙中，東坡學士在京。小妹思想哥哥，到京省視。東坡有個禪友，叫做佛印禪師，嘗勸東坡急流勇退※47。一日寄長歌一篇。東坡看時，卻也寫得怪異，每二字一連，共一百三十對字。你道寫的是甚字？

野野　鳥鳥　啼啼　時時　有有　思思　春春　氣氣　桃桃　花花　發發　滿
滿　枝枝　鶯鶯　雀雀　相相　呼呼　喚喚　巖巖　畔畔　花花　紅紅　似似　錦
錦　屏屏　堪堪　看看　山山　秀秀　麗麗　山山　前前　煙煙　霧霧　起起　清
清　浮浮　浪浪　促促　潺潺　湲湲　景景　幽幽　深深　處處　好好　追追　游
游　傍傍　水水　花花　似似　雪雪　梨梨　花花　光光　皎皎　潔潔　玲玲　瓏
瓏　似似　墜墜　銀銀　花花　折折　最最　好好　柔柔　茸茸　溪溪　畔畔　草
草　青青　雙雙　蝴蝴　蝶蝶　飛飛　來來　到到　落落　花花　林林　裡裡　鳥

註

※47急流勇退：在湍急的水流中，當機立斷回舟退出。比喻人處在官場得意時，要能就好就收，以求明哲保身。

眉批

◎5：少游亦甚聰明。（可一居士）

鳥　啼啼　叫叫　不不　休休　爲爲　憶憶　春春　光光　好好　楊楊　柳柳　枝
枝　頭頭　春春　色色　秀秀　時時　常常　共共　飲飲　春春　濃濃　酒酒　似
似　醉醉　閒閒　行行　春春　色色　裡裡　相相　逢逢　競競
憶憶　遊遊　山山　水水　心心　息息　悠悠　歸歸　去去
來來　休休　役役

東坡看了兩三遍，一時念將不出，只是沉吟。小妹取過，一覽了然。便道：「哥哥，此歌有何難解？待妹子念與你聽。」即時朗誦云：

野鳥啼，野鳥啼時時有思。有思春氣桃花發，春氣桃花發滿枝。滿枝鶯雀相呼喚，鶯雀相呼喚巖畔。巖畔花紅似錦屏，花紅似錦屏堪看。堪看山，山秀麗，秀麗山前煙霧起。山前煙霧起清浮，清浮浪促潺湲水。浪促潺湲水景幽，景幽深處好，深處好追遊。追遊傍水花，傍水花似雪，似雪梨花光皎潔。梨花光皎潔玲瓏，玲瓏似墜銀花折，似墜銀花折最好。最好柔茸溪畔草。柔茸溪畔草青青。雙雙蝴蝶飛來到，蝴蝶飛來到落花，落花林裡鳥啼

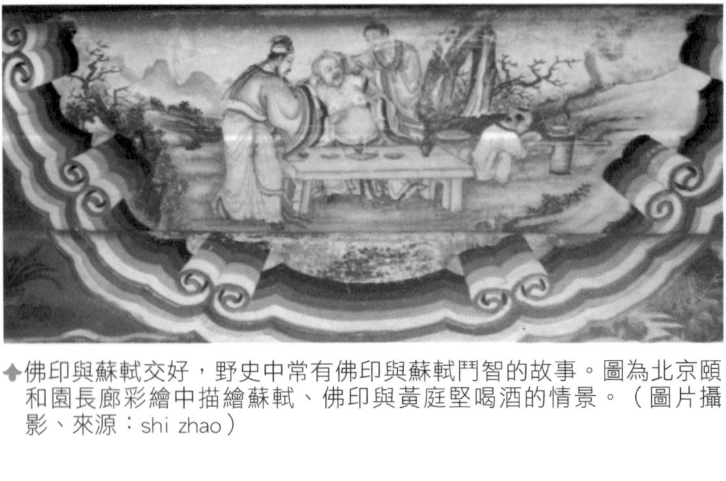

佛印與蘇軾交好，野史中常有佛印與蘇軾鬥智的故事。圖為北京頤和園長廊彩繪中描繪蘇軾、佛印與黃庭堅喝酒的情景。（圖片攝影、來源：shi zhao）

叫，林裡鳥啼叫不休。不休爲憶春光好，爲憶春光好楊柳。楊柳枝頭春色秀，春色秀時常共飲。時常共飲春濃酒，春濃酒似醉，似醉閒行春色裡，閒行春色裡相逢。相逢競憶遊山水，競憶遊山水心息。心息悠悠歸去來，歸去來休休役役。

東坡聽念，驚道：「吾妹敏悟，吾所不及。若為男子，官位必遠勝於我矣。」遂將佛印原寫長歌，並小妹所定句讀※48，都寫出來，做一封兒寄與少游，因述自己再讀不解，小妹一覽而知之故。少游初看佛印所書，亦不能解。後讀小妹之句，如夢初覺，深加愧歎。答以短歌云：

未及梵僧歌，詞重而意複。
字字如聯珠，行行如寶玉。
想汝惟一覽，顧我勞三復。
裁詩思遠寄，因以眞類觸。
汝其審思之，可表予心曲。

註

※48句讀：指文章休止和停頓處。

短歌後製成疊字詩一首，卻又寫得古怪：

別離時聞漏轉
憶　　　　　靜
期歸阻久伊思

少游書信到時，正值東坡與小妹在湖上看採蓮。東坡先拆書看了，遞與小妹問道：「汝能解否？」小妹道：「此詩乃仿佛印禪師之體也。」即念云：

靜思伊久阻歸期，久阻歸期憶別離。
憶別離時聞漏轉，時聞漏轉靜思伊。

東坡歎道：「吾妹真絕世聰明人也。今日採蓮勝會，可即事各和一首，寄與少游，使知你我今日之游。」東坡詩成，小妹亦就。小妹詩云：

◆圖為十七世紀初日本畫家雲谷等顏繪製的蘇軾圖，表現蘇軾遭朝廷流放的場景。

採蓮人在綠楊津一闋新歌聲漱玉

東坡詩云：

賞花歸去馬如飛酒力微醒時已暮

照少游詩念出小妹疊字詩，道是：

採蓮人在綠楊津，在綠楊津一闋新。
一闋新歌聲漱玉，歌聲漱玉採蓮人。

東坡疊字詩道是：

賞花歸去馬如飛，去馬如飛酒力微。
酒力微醒時已暮，醒時已暮賞花歸。◎6

眉批

◎6：清新藻麗，有唐人風致。二詩較之，兄當遜妹矣。（可一居士）

二詩寄去，少游讀罷，歎賞不已。其夫婦酬和之詩甚多，不能詳述。後來少游以才名被徵為翰林學士，與二蘇同官。一時郎舅三人並居史職，古所希有。於時宣仁太后亦聞蘇小妹之才，每每遣內官賜以織帛或飲饌之類，索他題詠。每得一篇，宮中傳誦，聲播京都。◎7其後，小妹先少游而卒。少游思念不置，終身不復娶云。◎8有詩為證：

文章自古說三蘇，小妹聰明勝丈夫。
三難新郎眞異事，一門秀氣世間無。

眉批

◎7：太后憐才，始不爽其抱負。（可一居士）
◎8：然雖情之所鍾，原難爲繼者。（可一居士）

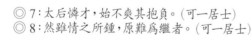

第十八卷　劉元普雙生貴子

全婚昔日稱裴相[1]，助殯千秋慕范君[2]；
慷慨奇人難屢見，休將仗義望朝紳。

這一首詩，單道世間人周急者少，繼富者多。為此常言說道：「只有錦上添花，那得雪中送炭？」只這兩句話，道盡世人情態。比如一邊有財有勢，那趨財慕勢的多，只向一邊去。這便是俗語叫做「一帆風」，又叫做「鵓鴿子旺邊飛」。若是財利相關，自不必說。至於婚姻大事、兒女親情，有貪得富的，便是王公貴戚，自甘與團頭[3]作對；有嫌著貧的，便是世家巨族，不得與甲長[4]聯親。自道有了一分勢要、兩貫浮財，便不把人看在眼裡。況有那身在青雲之上，拔人於淤泥之

註

※1全婚昔日稱裴相：請見本套書第一冊第四卷〈裴晉公義還原配〉，唐憲宗朝宰相裴度成全唐壁與其未婚妻子團圓完婚的故事，

※2助殯千秋慕范君：典故出自《後漢書范式傳》。范式夢到好友張劭說自己的死期與下葬日期，范式前往弔唁，發現張劭靈柩無法前行。范式在前引導，終於順利讓張劭入土為安。

※3團頭：團體和行業組織的首領頭目。此指乞丐頭子。

※4甲長：古代每十户為一甲，管理十户的首長稱為「甲長」。

中，重捐己資，曲全婚配，恁般樣人，實是從前寡見、近世罕聞。冥冥之中，天公自然照察。原來那「夫妻」二字極是鄭重，權宜斟酌，報應極是昭彰，世人決不可戲而不戲，胡作亂為。或者因一句話上，成就了一家兒夫婦；或者因一紙字中，拆散了一世的姻緣。就是陷於不知，因果到底不爽。

且說南直※5長洲，有一村農，姓孫，年五十歲，娶下一個後生繼妻。前妻留下一個兒子、一房媳婦，且是孝順。但是爺娘的說話，不論好歹真假，多應在骨裡的信從。那老兒和兒子，每日只是鋤田鈀地，出去養家過活。婆媳兩個，在家績麻拈苧※6，自做生理※7。卻有一件奇怪！原來那婆子雖數上了三十多個年頭，十分的不長進，又道是「婦人家入土方休」，見那老子是個養家經紀之人，不恁地理會這些勾當，所以閑常也與人做了些不伶俐的身分※8。幾番幾次，漏在媳婦眼裡。那媳婦自是個老實勤謹的女娘，只以孝情為上，小心奉事翁姑，那裡有甚心去捉他破綻？誰知道，無心人對著有心人，那婆子自做了這些話把※9，被媳婦每每衝著，

苧麻為古代中國重要的紡織作物，苧麻所織的布稱為夏布。圖為唐代婦女正在進行苧麻布的鍛濯。

虛心病了，自沒意思。卻恐怕有甚風聲，吹在老子和兒子耳朵裡，顛倒在老子面前搬鬥。又道是：「枕邊告狀，一說便准。」那老子信了婆子的言語，帶水帶漿的羞辱毀罵了兒子幾次。那兒子是個孝心的人，聽了這些話頭，沒個來歷，直擺佈得夫妻兩口，終日合嘴合舌※10，甚不相安。看官聽說：世上只有一夫一妻，一竹竿到底的，始終有些正氣。獨有最狠毒、最狡猾、最短見的，是那晚老婆。大概不是一婚兩婚人，便是那低門小戶、減剩貨，與那不學好為夫所棄的。這幾項人，極是老唧溜※11，也會得使人喜，也會得使人怒，弄得人死心塌地，不敢不從。

原來世上婦人，除了那十分貞烈的，說著那話兒，無不著緊。男子漢到中年，筋力漸衰。那娶晚老婆的，大半是中年人做的事，往往男大女小。假如一個老蒼男子，娶了水也似一個嬌嫩婦人，縱是千箱萬斛，儘你受用，卻是那話兒有些支吾不過，自覺得過意不去。隨你有萬分不是處，也只得依順。所以那家庭間，每每被這

註

※5南直：南直隸的簡稱。今橫跨江蘇、安徽兩省地界。
※6績痲拈苧：搓痲繩，做女工織布等活計。
※7生理：生意、買賣。
※8不伶俐的身分：此指勾三搭四，不守婦道。
※9話把：話柄。
※10合嘴合舌：拌嘴、爭吵。
※11老唧溜：老滑頭。參考李平校注，《今古奇觀》，三民書局出版。

等人炒得十清九濁。

這閒話且放過，如今再接前因。話說吳江有個秀才蕭王賓，胸藏錦繡，筆走龍蛇。因家貧，在近處人家處館，早出晚歸。主家間壁，是一座酒肆，店主喚做熊敬溪。店前一座小小堂子，供著五顯靈官※12。那王賓因在主家出入，與熊店主廝熟。忽一夜，熊店主得其一夢，夢見那五位尊神對他說道：「蕭狀元終日在此來往，吾等見了，坐立不安，可為吾等築一堵短壁兒，在堂子前遮蔽遮蔽。」店主醒來想道：「這夢甚是蹊蹺。說甚麼蕭狀元，難道便是在間壁處館的那個蕭秀才？我想，恁般一個寒酸措大※13，如何便得做狀元？」心下疑惑，卻又道：「除了那個姓蕭的，卻又不曾與第二個姓蕭的識熟。凡人不可貌相，海水不可斗量。又況是神道的言語，寧可信其有，不可信其無。」次日起來，當真在堂子前面堆起一堵短牆，遮了神聖，卻自放在心裡不題。間了幾日，蕭秀才往長洲探親，經過一個村落人家。只見一夥人聚在一塊在那裡喧嚷。蕭秀才挨在人叢裡看一看，只見眾人指著道：「這不

狀元是在殿試中得到第一名的名稱，圖為明畫家描繪的宋代殿試場景。

是一位官人？來得湊巧，是必央及這官人則個，省得我們村裡人去尋門館先生。」連忙請蕭秀才坐著，將過紙筆道：「有煩官人寫一寫，自當相謝。」蕭秀才道：「寫個甚麼？且說個緣故。」只見一個老兒與一個小後生走過來道：「官人聽說，我們是這村裡人，姓孫。爺兒兩個，一個阿婆，一房媳婦，叵耐※14媳婦十分不學好，到終日與阿婆鬥氣。我兩口又是養家經紀※15人，一年到頭沒幾時住在家裡。這樣婦人若留著他，到底是個是非堆。為此，今日將他發還娘家，任從別嫁。他每眾位多是地方中見，為是要寫一紙休書。這村裡人沒一個通得文墨，見官人經過，想必是個有才學的，因此相煩官人替寫一寫。」蕭秀才道：「原來如此，有何難處？」便逞著一時見識，舉筆一揮寫了一紙休書，交與他兩個。他兩個便將五錢銀子送秀才作潤筆之資※16。秀才笑道：「這幾行字值得甚麼？我卻受你銀子！」再三不接，拂著袖子，撇開眾人，逕自去了。這裡自將休書付與婦人。那婦人可憐勤

註

※12五顯靈官：即五通神。是古代江南一代民間供奉的邪神。傳說爲兄弟五人。其別稱甚多，有「五通」、「五聖」、「五顯靈公」、「五郎神」、「五猖」等。

※13寒酸措大：家境困苦清貧的讀書人，是貶義詞。

※14叵耐：可恨。

※15經紀：做買賣，經營小本生意。

※16潤筆之資：幫人寫字的酬勞。

勤謹謹做了三四年媳婦，沒緣沒故的休了他。咽著這一口怨氣，扯住了丈夫，哭了又哭，號天拍地的不肯放手。◎1口裡說道：「我委實不曾有甚歹心負了你，你聽著一面之詞，離異了我。我生前無分辨處，做鬼也要明白此事。今世不能和你相見了，便死也不忘記你。」這幾句話，說得旁人俱各掩淚。他丈夫也覺得傷心，忍不住哭起來。卻只有那婆子看著，恐怕兒子有甚變卦，流水※17和老兒兩個拆開了手，推出門外。那婦人只得含淚去了不題。

再說那熊店主重夢見五顯靈官對他說道：「快與我等拆了面前短壁，攔著十分鬱悶。」店主夢中道：「神聖前日分付小人造起，如何又要拆毀？」靈官道：「前日為蕭秀才時常此間來往，他後日當中狀元，我等見了他坐立不便，所以教你築牆遮蔽。今他於某月某日替某人寫了一紙休書，拆散了一家夫婦。上天鑒知，減其爵祿，今職在吾等之下，相見無礙，以此可拆。」那店主正要再問時，一跳驚醒。想道：「好生奇異！難道有這等事？明日待我問蕭秀才果有寫休書一事否，便知端的。」明日當真先拆去了壁。卻好那蕭秀

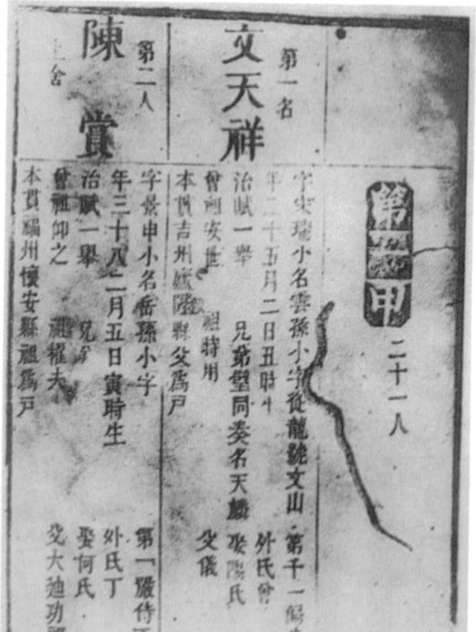
二十一人
第一名 文天祥
字宋瑞小名雲孫小字從龍號文山
年二十五月二日丑時生
兄弟璧同奏名
治賦一舉
曾祖安世 祖時用 父儀
本貫吉州廬陵縣父為戶
第二人 陳賞 上舍
字景中小名岳孫小字
年三十八正月五日寅時生 外氏丁
治賦一舉 娶何氏
曾祖仰之 祖耀夫 父大廸功郎
本貫福州懷安縣祖為戶

每次科舉只會誕生一位狀元，中國一千多年的科舉制度中，共出現了五百零四位狀元。圖為清朝出版的《南宋群賢小集》一頁，翻刻南宋寶佑四年文天祥狀元及第榜單。

才踱將來，店主邀住道：「官人，有句話說，請店裡坐地。」入到裡面，坐定喫[※18]茶，店主動問道：「官人曾於某月某日與別人代寫休書麼？」秀才想了一會道：「是曾寫來，你怎地曉得？」店主遂將前後夢中靈官的說話，一一告訴了一遍。秀才聽罷，目瞪口呆，懊悔不迭。後來果然舉了孝廉[※19]，只做到一個知州地位。那蕭秀才因一時無心失誤上，白送了一個狀元。世人做事，決不可不檢點。曾有詩道得好：

人生常好事，作者不自知。
起念埋根際，須思決局時。
動止雖微渺，干連已彌滋。
昏昏罹天網，方知悔是遲。

試看那拆人夫婦的，受禍不淺，便曉得那完人夫婦的，獲福非輕。如今單說前

註
※17流水：快速、趕緊。
※18喫：同「吃」。
※19孝廉：舉人。

眉批
◎1：即此便見蕭生罪案。（即空觀主人）

代一個公卿，把幾個他州外族之人認做至親骨肉撮合好了，才子佳人保全了孤兒寡婦，又安葬了朽骨枯骸。如此陰德，又不止是完人夫婦了。所以後來受天之報，非同小可。

這話文出在宋真宗※20時。西京洛陽縣，有一官人姓劉，名弘敬，字元普，曾任過青州刺史※21，六十歲上告老還鄉。繼娶夫人王氏，年尚未滿四十。◎2廣有家財，並無子女。一應田園、典鋪，俱託內姪王文用管理，自己只是在家中廣行善事，仗義疏財，揮金如土。從前至後，已不知濟過多少人了。四方無人不聞其名。只是並無子息，日夜憂心。時遇清明節屆，劉元普分付王文用整備了牲牷酒醴，往墳塋祭掃。與夫人各乘小轎，僕從在後相隨，不逾時到墳前，澆奠已畢了。元普拜伏墳前，口中說著幾句話道：

堪憐弘敬年垂邁，不孝有三無後大。
七十人稱自古稀，殘生不久留塵界。
今朝夫婦拜墳塋，他年誰向墳塋拜？
膝下蕭條未足悲，從前血食何容艾！※22
天高聽遠實難憑，一脈宗親須憫愛。
訴罷中心淚欲枯，先靈不爽知何在？

宋真宗像。

當下劉元普說到此處，放聲大哭，傍人俱各悲悽。那王夫人極是賢德的，拭著淚上前勸道：「相公請免愁煩，雖是年紀將暮，筋力未衰，妾身縱不能生育，當別娶少年為妾，子嗣尚有可望，徒悲無益。」劉元普見說，只得勉強收淚，分付家人送夫人乘轎先回，自己留一個家僮相隨，閑行散悶，徐步回來。

將及到家之際，遇見一個全真先生，手執招牌，上寫著「風鑒通神」。元普見是相士，正要卜問子嗣，便延他到家中來坐。喫茶已畢，元普端坐，求先生細相。先生仔細相了一回，略無忌諱說道：「觀使君氣色，非但無嗣，壽亦在旦夕矣。」元普道：「學生年近古稀，死亦非夭。子嗣之事，至此暮年，亦是水中撈月了；但學生自想，生平雖無大德；濟弱扶傾，矢心※23已久，不知如何罪業，遂至殄絕※24祖宗之祀？」先生微笑道：「使君差矣！自古道：『富者怨之叢。』使君廣有

註

※20宋眞宗：生於西元九六八年，卒於西元一〇二二年。名恆，太宗第三子。以王欽若、丁謂爲相，二人常以天書符瑞之說，熒惑朝野，敗壞朝政。

※21青州：今山東省青州市。刺史：是清代知州的別稱，地方的長官。

※22從前血食何容艾：世代相傳的祭祀祖先的禮節豈容停止。血食：以畜牲的血來祭祀鬼神。艾，中斷、停止。

※23矢心：陳示衷心。依據《漢語大辭典》的解釋。

※24殄絕：滅絕。殄，讀作「舔」。

眉批

◎2：此亦繼娶也，而賢不賢。(即空觀主人)

家私，豈能一一綜理？彼任事者只顧肥家，不存公道，大斗小秤，侵剝百端，以致小民愁怨。使君縱然行善，只好功過相酬耳，恐不能獲福也。使君但當悉杜其弊，益廣仁慈，多福、多壽、多男，特易易耳。」元普聞言，默然聽受。先生起身作別，不受謝金，飄然而去。元普知是異人，深信其言。遂取田園、典鋪帳目，一一稽查。又潛往街市、鄉間各處探聽，盡知其實。遂將眾管事人一一申飭，並妻姪王文用也受了一番呵叱。自此益修善事不題。

　卻說汴京有個舉子李遜，字克讓，年三十六歲。娘子張氏，生子李彥青，小字春郎，年方十七。本是西粵人氏，只為與京師遙遠，十分孤貧，不便赴試。數年前挈妻攜子，流寓京師，卻喜中了新科進士，除授錢塘縣尹。擇個吉日，一同到了任所。李克讓看見湖山佳勝，宛然神仙境界，不覺心中爽然。誰想貧儒命薄，到任未及一

錢塘縣是中國浙江省杭州地區歷史上的一個舊縣名，地勢低平，河網和湖泊密布，景色優美。圖為杭州西湖一景。（圖片攝影、來源：Tobias Wahlqvist）

月，犯了個不起之症。正是：

濃霜偏打無根草，禍來只奔福輕人。

那張氏與春郎請醫調治，百般無效，看看待死。一日，李克讓喚妻子到牀前說道：「我苦志一生，得登黃甲※25，死亦無恨。但只是無家可奔，無族可依，教我撇下寡婦孤兒，如何是了？可痛！可憐！」說罷，淚如雨下。張氏與春郎在傍勸住。克讓想道：「久聞洛陽劉元普仗義疏財，名傳天下，不論識認不識認，但是以情相求，無有不應。除是此人，可以託妻寄子。」便叫：「娘子，扶我起來坐了。」又叫兒子春郎取過文房四寶，正待舉筆，忽又停止，心中好生躊躇道：「我與他從來無交，難敘寒溫，這書如何寫得？」想了一回，心生一計，分付妻兒取湯取水，把兩個人都遣開了。及至取得湯水來時，已自把書重重封固，上面寫十五字，乃是「辱弟李遜，書呈洛陽恩兄劉元普親拆」。把來遞與妻兒收好，說道：「我有個八拜為交的故人，乃青州刺史劉元普，本貫洛陽人氏，此人義氣干霄，必能濟汝母

註

※25黃甲：科舉進士及第。因科舉甲科進士及第的名單用黃紙來書寫，故稱。

子。將我書前去投他，料無阻拒。可多多拜上劉伯父，說我生前不及相見了。」隨分付張氏道：「二十載恩情，今長別矣。倘蒙伯父收留，全賴小心相處，然須教子成名，補我未逮之志。你已有遺腹兩月，倘得生子，使其仍讀父書；若生女時，將來許配良人，我雖死而瞑目。」又分付春郎道：「汝當事劉伯父如父，事劉伯母如母；又當孝敬母親，勵精學業，以圖榮顯，我死猶生。如違我言，九泉之下，亦不安也！」兩人垂淚受教。又囑付道：「身死之後，權寄棺木浮丘寺中，俟投過劉伯父，徐圖殯葬。但得安土埋藏，不須重到西粵。」說罷，心中哽咽，大叫道：「老天！老天！我李遜如此清貧，難道要做滿一個縣令也不能勾※26？」◎3當時驀然倒在牀上，已自叫喚不醒了。正是：

君恩新荷喜相隨，誰料天年已莫追！
休爲李君傷殀逝，四齡已可傲顏回。

張氏、春郎各各哭得死而復甦。張氏道：「撇得我

西粵為廣西的古稱謂，廣西四周多山地與高原，圖為廣西龍脊梯田一景。（圖片攝影、來源：Rupar）

孤孀二人好苦！倘劉君不肯相容，如何處置？」春郎道：「如今無計可施，只得依從遺命。我爹爹最是識人，或者果是好人，也不見得。」張氏即將囊橐※27撿點，那曾還剩得分文！原來李克讓本是極孤極貧的，做人甚是清方，到任又不上一月，雖有些少，已為醫藥廢盡了。還虧得同僚相助，將來買具棺木盛殮，停在衙中。母子二人，朝夕哭奠，過了七七之期，依著遺言，寄柩浮丘寺內，收拾些少行李盤纏，帶了遺書，饑餐渴飲，夜宿曉行，取路投洛陽縣來。

卻說劉元普一日正在書齋閒玩古典，只見門上人報道：「外有母子二人，口稱西粵人氏，是老爺至交親戚，有書拜謁。」元普心下著疑，想道：「我那裡有這樣遠親？」便且教請進。母子二人走到眼前，施禮已畢。元普道：「老夫與賢母子在何處識面，實有遺忘，伏乞詳示。」李春郎笑道：「家母、小姪其實不曾得會，先君卻是伯父至交。」元普便請姓名。春郎道：「先君李遜，字克讓，母親張氏，小姪名彥青，字春郎，本貫西粵人氏。先君因赴試，流落京師，以後得第，除授錢塘縣尹，一月身亡。臨終時，憐我母子無依，說有洛陽劉伯父是幼年八拜至交，特命亡後齎了手書自任所前來拜懇。故此母子造宅，多有驚動。」元普聞言，茫然不知

註

※26勾：讀作夠，同「夠」，足夠。
※27囊橐：行李。橐，讀作「陀」，袋子。

眉批

◎3：若不清貧，未必不前程遠大，老天原自勢利。（即空觀主人）

就裡。春郎便將書呈上。元普看了封簽上面十五字，好生詫異。及至拆封看時，卻是一張白紙，喫了一驚，默然不語。左右想了一回，猛可裡※28心中省悟道：「必是這個緣故無疑。我如今不要說破，只教他母子得所便了。」張氏母子見他沉吟，只道不肯容納，豈知他卻是天大一場美意。元普收過了書，便對二人說道：「李兄果是我八拜至交，指望再得相會。誰知已作古人，可憐！可憐！今你母子就是我自家骨肉，在此居住便了。」便叫請出王夫人來，說知來歷，認為妯娌。春郎以子姪之禮自居。當時擺設筵席，款待二人。酒間說起李君靈柩在任所寺中，元普一力應承殯葬之事。王夫人又與張氏細談，已知他有遺腹兩月了。酒散後，送他母子到南樓安歇，傢伙器皿，無一不備，又撥幾個僮僕服侍。每日三餐，十分豐美。張氏母子得他收留，已自過望；誰知如此殷勤，心中感激不盡。過了幾時，元普見張氏德性溫存，春郎才華英敏，更兼謙謹老成，愈加敬重。又一面打發人往錢塘扶柩了。忽一日，正與王夫人閑坐，不覺掉下淚來。夫人忙問其故。元普道：「我觀李氏子，儀容志氣，後來必然大成。

元普看了封簽上面十五字，好生詫異。及至拆封看時，卻是一張白紙，喫了一驚，默然不語。（古版畫，選自《今古奇觀》明末吳郡寶翰樓刊本。）

我若得這般一個兒子，真可死而無恨。今年華已去，子息杳然，為此不覺傷感。」夫人道：「我屢次勸相公娶妾，只是不允。如今定為相公覓一側室，管取宜男。」元普道：「夫人休說這話。我雖垂暮，你卻尚是中年。若是天不絕我劉門，難道你不能生育？若是命中該絕，縱使姬妾盈前，也是無干。」說罷，自出去了。

夫人這番卻主意要與丈夫娶妾，曉得與他商量，定然推阻，便私下叫家人喚將做媒的薛婆來，說知就裡。又囑付道：「直待事成之後，方可與老爺得知。必用心訪個德容兼備的，或者老爺纔肯相愛。」薛婆一一應諾而去。過不多日，薛婆尋了幾個來說，領與夫人觀看，沒一個中意。薛婆道：「此間女子，只好恁樣。除非汴梁※29帝京，五方會聚去處，纔有出色女子。」恰好王文用有別事要進京，夫人把百金密託與他，央薛婆與他同去尋覓。薛婆也有一頭媒事要進京，兩得其便，不在話下。

如今再表一段緣姻。話說汴京開封府祥符縣※30有一進士，姓裴名習，字安卿，年登五十。夫人鄭氏早亡。單生一女，名喚蘭孫，年方二八，儀容絕世。裴安

註

※28猛可裡：猛然、突然。
※29汴梁城：古代開封的另一種稱呼。
※30祥符縣：古代縣名，今開封市。

卿做了郎官※31，幾年陞任襄陽刺史。有人對他說道：「官人向來清苦，今得此美任，此後只愁富貴不愁貧了。」安卿笑道：「富自何來？每見貪酷小人，惟利是圖。不過使這幾家治下百姓賣地貼婦，充其囊橐※32，此真狼心狗行之徒！天子教我為民父母，豈是教我殘害子民？我今此去，惟喫襄陽一盃※33淡水而已。貧者人之常，叨朝廷之祿，不至凍餒足矣，何求為富？」裴安卿立心要作個好官，選了吉日，帶了女兒起程赴任。不則一日，到了襄陽，蒞任半年，治得那一府物阜民安，詞清訟簡。民間造成幾句謠詞，說道：

襄陽府前一條街，一朝到了裴天臺。
六房吏書※34去打盹，門子皂隸※35去砍柴。

光陰荏苒，又早六月炎天。一日，裴安卿與蘭孫喫過午飯，暴暑難當。安卿命汲井水解熱。霎時井水將到，安卿喫了兩甌，隨後叫女兒喫。蘭孫飲了數口，說道：「爹爹，恁樣淡水，虧爹爹怎生喫下許多！」安卿道：「休說這般折福的話！你我有得這水喫時，也便是仙家了，豈可

襄陽為歷史古都，北宋時設襄陽府，約位於今湖北省襄陽市漢水南襄州區。圖為襄陽城內街道一景。（圖片攝影、來源：飛寒）

嫌淡！」蘭孫道：「爹爹如何便見得折福？這樣時候，多少王孫公子，雪藕調冰，浮瓜沉李，也不為過。爹爹身為郡侯※36，飲此一盃淡水，還道受用，也太迂闊※37了！」安卿道：「我兒不諳事務，聽我道來。假如那王孫公子，倚傍著祖宗的勢耀，頂戴著先人積攢下的錢財，不知稼穡，又無甚事業，只圖快樂，落得受用。卻不知樂極悲生，也終有馬死黃金盡的時節；縱不然，也是他生來有這些福氣。你爹爹貧寒出身，又叨朝廷民社之責，須不能勾比他。還是那一等人，假如當此天道，為將邊庭，身披重鎧，手執戈矛，日夜不能安息，又且死生朝不保暮。更有那荷鍤※38農夫、經商工役，辛勤隴陌※39，奔走泥塗，雨汗通流，還禁不住那當空日晒。

註

※31郎官：古代官名。侍郎、郎中等官職。秦代、西漢設置郎中令，是皇帝身邊親近的侍從官員，無固定職掌。
※32囊橐：此指私產。
※33盃：同今杯字，是杯的異體字。
※34六房吏書：古代地方官府衙門，模仿中央六部，設立的辦事單位。分爲吏、户、禮、兵、刑、工六房。
※35皀隸：古代衙役多穿黑色衣服，是官府衙役的代稱。
※36郡侯：知府、刺史的別稱
※37迂闊：思想言行不合實際。
※38荷鍤：揹著挖掘泥土的工具。鍤，讀作「陀」。即鐵鍬。挖土的工具。
※39隴陌：田埂間的道路。

你爹爹比他不已是神仙了◎4？又有那下一等人，一時過誤，問成罪案，困在囹圄※40，受盡鞭箠※41，還要肘手鐐足。這般時節，拘於那不見天日之處，休說冷水，便是泥汁也不能勾。求生不得生，求死不得死。父母皮肉，痛癢一般，難道偏他們受得苦起？你爹爹比他，豈不是神仙？今司獄司※42中，見有一二百名罪人，吾意欲散禁他每在獄，日給冷水一次，待交秋再作理會。」蘭孫道：「爹爹未可造次。獄中罪人，皆不良之輩。若輕鬆了他，倘有不測，受累不淺。」安卿道：「我以好心待人，人豈負我？我但分付牢子緊守監門便了。」也是合當有事，只因這一節，有分教：

應死囚徒俱脫網，施仁郡守反遭殃。

次日，安卿升堂，分付獄吏：「將囚人散禁在牢，日給涼水與他，須要小心看守。」獄卒應諾了，當日便去牢裡鬆放了眾囚，各給涼水。牢子們緊緊看守，不致疏虞。過了十來日，牢子們就懈怠了。忽又是七月初一日，獄中舊例，每逢月朔

✦清代的牢獄。（圖片攝影、來源：lienyuan lee）

※43，便獻一番利市※44。那日燒過了紙，眾牢子們都去喫酒散福※45，從下午喫起直喫到黃昏時候，一個個酩酊爛醉。那一干囚犯，初時見獄中寬縱，已自起心越牢。內中有幾個有親識的，密地教對付些利器暗藏在身邊，當日見眾人已醉，就便乘機發作。約莫到二更時分，獄中一片聲喊起，一二百罪人一齊動手，先將那當牢的禁子殺了。打出牢門，將那獄吏、牢子一個個砍翻，撞見的，多是一刀一個。有的躲在黑暗裡聽時，只聽得喊道：「太爺平時仁德，我每不要殺他！」直反到各衙門，殺了幾個佐貳官※46。那時正是清明時節，城門還未曾閉。眾人吶聲喊，一鬨逃走出城。正是：

鼇魚※47脱卻金鉤去，擺尾搖頭再不來。

註

※40囹圄：讀作「玲雨」，牢獄。
※41鞭箠：鞭打。箠，讀作「垂」。
※42獄司：管理監獄的部門。
※43月朔：農曆每個月的初一。
※44利市：即燒個利市，燒紙拜神，祈求神明保佑。
※45散福：分享祭祀神明的祭品，使大家也能獲得吉兆、好運。
※46佐貳官：輔佐知縣治理地方的官員，知縣即今日的縣長，佐貳官類似副縣長。
※47鼇魚：鼇讀作「敖」。海龜的一個種類。

眉批

◎4：如此安分人不宜及禍。（即空觀主人）

那時裴安卿聽得喧嚷，在睡夢中驚覺，連忙起來。早已有人報知。裴安卿聽得，卻正似頂門上失了三魂，腳底下蕩了七魄，連聲只叫得苦。悔道：「不聽蘭孫之言，以至於此！誰知道將仁待人，被人不仁！」一面點起民壯※48，分頭追捕，多應是海底撈針，那尋一個？次日，這樁事早報與上司知道，少不得動了一本。不上半月已到汴京，奏章早達天聽，天子與群臣議處。若是裴安卿是個貪贓刻剝、阿諛謟佞的，朝中也還有人喜他；只為平素心性剛直，不肯趨奉權貴，況且一清如水，俸資之外，毫不苟取，那有錢財夤緣※49勢要？所以無一人與他辨冤，多道：「縱囚越獄，典守者不得辭其責。又且殺了佐貳，獨留刺史，事屬可疑，合當拿問。」天子准奏，即便批下本來，著法司差官扭解到京。那時，裴安卿便是重出世的召父※50，再生來的杜母※51，也只得低頭受縛。卻也道自己素有政聲，還有辨白之處，叫蘭孫收拾了行李，父女兩個，同了押解人起程。

不則一日，來到東京。那裴安卿舊日住居已奉聖旨抄沒了。僮僕數人分頭逃散，無地可以安身。還虧

東京指的是北宋首都東京開封府，也稱汴京、汴梁，現河南省開封市。圖為位於開封市內的龍亭建築。（圖片攝影、來源：Zhangmoon618）

得鄭夫人在時，與清真觀女道往來，只得借他一間房子與蘭孫住下了。次日，青衣小帽同押解人到朝候旨。奉聖旨下大理獄鞫審※52，即刻便自進牢。蘭孫只得將了些錢鈔買上告下，去獄中傳言寄語，擔茶送飯。原來裴安卿年衰力邁，受了驚惶，又受了苦楚，日夜憂慮，飲食不進。蘭孫設處送飯，枉自費了銀子。

一日，見蘭孫正在獄門首來，便喚住女兒說道：「我氣塞難當，今日大分※53必死。只為為人慈善，以致召禍，累了我兒。雖然罪不及孥，只是我死之後，無路可投，作婢為奴，定然不免！」那安卿說到此處，好如萬箭攢心，長號數聲而絕，還喜未及會審，不受那三木囊頭※54之苦。蘭孫跌腳搥胸，哭得個發昏章第十一※55，欲要領取父親屍首，又道是朝廷罪人，不得擅便！當時蘭孫不顧死生利害，闖

註

※48民壯：古代被徵募服役守衛地方的壯丁。

※49夤緣：攀附權貴以求進身仕途。此指賄賂當權者，以求脫罪。夤，讀作「銀」。攀附權貴，找門路、拉關係。

※50召父：西漢召信臣，在漢元帝時擔任南陽太守，是個受百姓愛戴，有政績的好官。

※51杜母：東漢杜詩。東漢時擔任南陽太守，和召信臣一樣是個有政績的好官。

※52鞫審：鞫，審問。讀作「局」，審問、審判。

※53大分：多半。

※54三木囊頭：此指刑罰加身。三木，給犯人枷鎖在脖子及手腳上的刑具。囊頭，用布袋蒙住頭。

※55發昏章第十一：即發昏。古書喜歡在某字詞後面加上第幾章，表示開玩笑、逗趣的意思。有人說發昏是第十一章，是因爲朱熹註解的《大學》章句一共十章，所以把發昏列爲第十一章。

進大理寺衙門，哭訴越獄根由，哀感傍人。幸得那大理寺卿還是個有公道的人，見了這般情狀，惻然不忍。隨即進一道表章，上寫著：

> 理寺卿臣某，勘得襄陽刺史裴習，撫字※56心勞，提防政拙。雖法禁多疏，自干天譴；而反情無據，可表臣心。今已斃囹圄，宜從寬貸，伏乞速降天恩，赦其遺屍歸葬，以彰朝廷優待臣下之心。臣某惶恐上言。

那真宗也是個仁君，見裴習已死，便自不欲苛求，即批准了表章。蘭孫得了這個消息，算是黃連樹下彈琴，一苦中取樂了。將身邊所剩餘銀，買口棺木，僱人抬出屍首，盛殮好了，停在清真觀中。做些羹飯，澆奠了一番，又哭得一佛出世。那裴安卿所帶盤費，原無幾何，到此已用得乾乾淨淨了。雖是已有棺木，殯葬之資，毫無所出。蘭孫左思右想道：「只有個舅舅鄭公，見在任西川節度使，帶了家眷在彼，卻是路途險遠，萬萬不能搭救，真正無計可施。」事到頭來不自由，只得手中拿個草標，將一張紙寫著「賣身葬父」四字，到靈柩前拜了四拜，禱告道：「爹爹陰靈不遠，

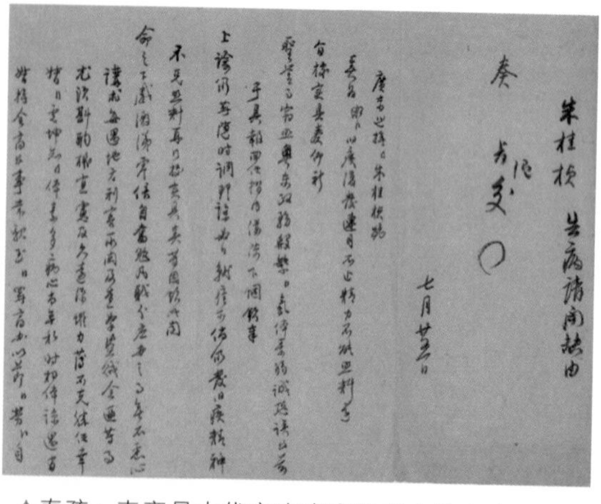
朱桂楨
奏
七月廿二日

奏疏、表章是古代官吏書寫給君主的文書，圖為清代官員朱桂楨的奏疏。

保奴前去得遇好人。」拜罷起身，噙著一把眼淚，抱著一腔冤恨，忍著一身羞恥，沿街喊叫。可憐裴蘭孫是個嬌滴滴的閨中處子，見了一個驀生人※57也要面紅耳熱的，不想今日出頭露面。思念父親臨死言詞，不覺寸腸俱裂。正是：

天有不測風雲，人有旦夕禍福。
生來運蹇時乖，只得含羞忍辱。
父兮桎梏※58亡身，女兮街衢※59痛哭。
縱教血染鵑紅，彼蒼不念煢獨※60！

又道是天無絕人之路。正在街上賣身，只見一個老媽媽走近前來，欠身施禮，問道：「小娘子為著甚事賣身？又恁般愁容可掬？」仔細認認，喫了一驚道：「這

註

※56撫字：古人把州、縣比喻爲父母官，如同父母撫育子女一樣。此指好的州、縣長官愛護人民，如同父母愛護子女一樣。
※57驀生人：素昧平生的人，即陌生人。
※58桎梏：讀作「至顧」。腳鐐手銬。是古代的刑具，在足曰桎，在手曰梏，即腳鐐手銬，主要用來拘繫犯人，限制犯人的行動。
※59街衢：大街上。衢，讀作「渠」，通達四方的大路。
※60煢獨：沒有親人可依靠，孤身一人。煢，讀作「瓊」。

不是裴小姐？如何到此地位？」原來那媽媽正是洛陽的薛婆。鄭夫人在時，薛婆有事到京，常在裴家往來的，故此認得。蘭孫抬頭見是薛婆，就同他走到一個僻靜所在，含淚把上項事說了一遍。那婆子家最易眼淚出的，聽到傷心之處，不覺也哭起來道：「原來尊府老爺遭此大難。你是個宦家之女，如何做得以下之人？若要賣身，雖然如此嬌姿，不到得便為奴作婢，也免不得是個偏房了。」蘭孫道：「今日為了父親，就是殺身也說不得，何惜其他？」薛婆道：「既如此，小姐請免愁煩。洛陽縣劉刺史老爺年老無兒，夫人王氏要與他取個偏房，前日曾囑付我在本處尋了多時，並無一個中意的。如今因為洛陽一個大姓央我到京中相府求一頭親事，夫人乘便囑付親姪王文用帶了身價同我前來遍訪。也是有緣，遇著小姐。王夫人原說要個德容兩全的，今小姐之貌，絕世無雙，賣身葬父又是大孝之事，這十有九分了。那劉刺史仗義疏財，王夫人大賢大德，小姐到彼雖則權時落後，儘可快活終身。未知尊意如何？」蘭孫道：「但憑媽媽主張。只是賣身為妾，玷辱門庭，千萬莫說出真情，只認做民家之女罷了。」薛婆點頭道是。隨引了蘭孫小姐一同到王文用寓所來。薛婆就對他說知備細。王文用遠遠

站立服侍的女侍，圖為北齊楊子華《北齊校書圖》。

地瞟去，看那小姐已覺得傾國傾城，便道：「有如此絕色佳人，何怕不中姑娘※61之意！」正是：

踏破鐵鞋無覓處，得來全不費工夫。

當下一邊是落難之際，一邊是富厚之家，並不消爭短論長，已自一說一中，整整兌足了一百兩雪花銀子，遞與蘭孫小姐收了，就要接他起程。蘭孫道：「我本為葬父，故此賣身。須是完葬事過，纔好去得。」薛婆道：「小娘子，你孑然一身，如何完得葬事？何不到洛陽成親之後，那時浼※62劉老爺差人埋葬，何等容易。」◎5蘭孫只得依從。

那王文用是個老成才幹的人，見是要與姑夫為妾的，不敢怠慢，教薛婆與他作伴同行。自己常在前後。東京到洛陽只有四百里之程，不上數日，早已到了劉家。王文用自往解庫中去了。薛婆便悄悄地領他進去叩見了王夫人。夫人抬頭看蘭孫

註

※61姑娘：指姑母。徐州、崇明、象山、南昌方言。

※62浼：讀作「每」，拜託、請求。

眉批

◎5：然則要此百金何用？（即空觀主人）

時，果然是：

脂粉不施，有天然姿格；梳妝略試，無半點塵紛。舉止處，態度從容；語言時，聲音淒婉。雙蛾顰蹙，渾如西子入吳※63時；兩頰含愁，正是王嬙辭漢※64日。可憐嫵媚清閨女，權作追隨宦室人。

當時王夫人滿心歡喜，問了姓名，便收拾一間房子，安頓蘭孫，撥一個養娘服事他。次日，便請劉元普來，從容說道：「老身今有一言，相公幸勿嗔怪。」劉元普道：「夫人有話即說，何必諱言？」夫人道：「相公，你豈不聞『人生七十古來稀』？今你壽近七十，前路幾何？並無子息。常言道：『無病一身輕，有子萬事足。』久欲與相公納一側室，一來為相公持正，不好妄言；二來未得其人，姑且隱忍。今娶得汴京裴氏之女，正在妙齡，抑且才色兩絕，願相公立他做個偏房，或者生得一男半女，也是劉門後代。」劉元普道：「老夫只恐

王昭君圖，江戶時代久隈守景繪，東京國立博物館藏。

命裡無嗣，不欲耽誤人家幼女。◎6誰知夫人如此用心，而今且喚他出來見我。」

當下蘭孫小姐移步出房，倒身下拜。劉元普看見，心中想道：「我觀此女儀容動止，決不是個以下之人。」便開口問道：「你姓甚名誰？是何等樣人家之女？為甚事賣身？」蘭孫道：「賤妾乃汴京小民之女，姓裴，小名蘭孫。父死無資，故此賣身葬父。」口中如此說，不覺暗地裡偷彈淚珠。劉元普相了又相道：「你定不是民家之女，不要哄我。我看你愁容可掬，必有隱情，可對我一一直言，與你作主分憂便了。」蘭孫初時隱諱，怎當得劉元普再三盤問，只得將那放囚得罪緣由，從前至後細細說了一遍，不覺淚如湧泉。劉元普大驚失色，也不覺淚下道：「我說不是民家之女，夫人幾乎誤了老夫！可惜一個好官，遭此屈禍。」忙向蘭孫小姐連稱得罪。又道：「小姐身既無依，便住在我這裡，待老夫選擇地基，殯葬尊翁便了。」蘭孫道：「若得如此周全，此恩惟天可表。相公先受賤妾一拜。」劉元普慌忙扶起，分付養娘好生服事裴家小姐，不得有違。當時走到廳堂，即刻差人往汴京迎裴使君靈柩。不多日扶柩到來。卻好錢塘李縣令靈柩一齊到了。劉元普將來共停在一

註

※63西子入吳：指越王勾踐爲了消滅吳國，將西施送入吳宮，范蠡進獻西施。此處以西施入吳宮的哀傷，比喻蘭孫此時的心情，兩人都是美女，也都是身不由己。

※64王嬙辭漢：王嬙，即王昭君。王昭君前往匈奴和親，辭別漢宮時的悲傷，比喻蘭孫悲傷的心境。

眉批

◎6：只此一念，有後福也。（即空觀主人）

個莊廳之上，備了兩席祭筵拜奠。張氏自領了兒子拜了亡夫；元普也領蘭孫拜了亡父。又延一個有名的地理先生，揀尋了兩塊好地基，等待臘月吉日安葬。

一日，王夫人又對元普說道：「那裴氏女雖然貴家出身，卻是落難之中，得相公救援他的。若是流落他方，不知如何下賤去了。相公又與他擇地葬親，此恩非小。他必甘心與相公為妾的。既是名門之女，或者有些福氣，誕育子嗣也不見得。若得如此，非但相公有後，他也終身有靠，未為不可。望相公思之。」夫人不說猶可，說罷，只見劉元普勃然作色道：「夫人說那裡話！天下多美婦人，我欲娶妾，自可別圖。豈敢汙裴使君之女？劉弘敬若有此心，神天鑒察！」◎7夫人聽說，自道失言，頓口不語。劉元普心裡不樂，想了一回道：「我也太呆了。我既無子嗣，何不索性認他為女，斷了夫人這點念頭。」便叫丫鬟請出裴小姐來道：「我叨長尊翁多年，又同為刺史之職，年華高邁，子息全無。小姐若不棄嫌，欲待螟蛉為女。意下何如？」蘭孫道：「妾蒙相公夫人收養，願為奴婢，早晚服事。如此厚待，如何敢當？」劉元普道：「豈有此理！你乃

中國古代士大夫可以擁有多個妾，圖為清代油畫家關喬昌繪製的一幅婦人之妾畫。

宦家之女，偶遭挫折，焉可賤居下流？老夫自有主意，不必過謙。」蘭孫道：「相公夫人正是重生父母，雖粉骨碎身，無可報答。既蒙不鄙微賤，認為親女，焉敢有違？今日就拜了爹媽。」劉元普歡喜不勝，便對夫人道：「今日我以蘭孫為女，可受他全禮。」當下蘭孫插燭也似的拜了八拜，自此便叫劉相公、夫人為父親、母親，十分孝敬，倍加親熱。夫人又說與劉元普道：「相公既認蘭孫為女，須當與他擇婿。姪兒王文用青年喪偶，管理多年，才幹精敏，也不辱莫了女兒。相公何不與他成就了這頭親事？」劉元普微微笑道：「內姪繼娶之事，少不得在老夫身上。今日自有主意，你只管打點妝奩※65便了。」夫人依言。元普當時便揀下了一個親吉日，到期初殺豬羊，大排筵會，遍請鄉紳、親友，並李氏母子，內姪王文用，一同來赴慶喜華筵。眾人還只道是劉公納寵，王夫人也還只道是與姪兒成婚。正是：

萬丈廣寒※66難得到，嫦娥今夜落誰家？

註

※65粧匳：嫁粧。粧，同今妝字，是妝的異體字。匳，讀作「連」。同今奩字，是奩的異體字。指女子陪嫁的物品。

※66廣寒：神話中，嫦娥仙子在月宮的居所。

眉批

◎7：仁人君子之言。（即空觀主人）

看看吉時將及，只見劉元普教人捧出一套新郎衣飾，擺在堂中。劉元普拱手向眾人說道：「列位高親在此，聽弘敬一言。敬聞『利人之色不仁，乘人之危不義』。襄陽裴使君以王事繫獄身死，有女蘭孫，年方及笄※67。荊妻欲納為妾，弘敬寧乏子嗣，決不敢汙使君之清德。內姪王文用，雖有綜理之才，卻非仕宦中人，亦難以配公侯之女。惟我故人李縣令之子彥青者，既出望族，又值青年。貌比潘安，才過子建，誠所謂『窈窕淑女，君子好逑』※68者也。今日特為兩人成其佳偶。諸公以為何如？」眾人異口同聲，讚歎劉公盛德。李春郎出其不意，卻待推遜，劉元普那裡肯從？便親手將新衣襟與他穿戴了。次後笙歌鼎沸，燈火熒煌，遠遠聽得環佩之聲，卻是薛婆做喜娘，幾個丫鬟，一同簇擁著蘭孫小姐出來。二位新人，立在花氈之上，交拜成禮。真是說不盡那奢華富貴，但見：

〈粉孩兒〉對對挑燈，〈七娘子〉雙雙執扇。觀看的是〈風檢才〉、〈麻婆子〉，

◆李春郎與蘭孫立在花氈之上，交拜成禮。真是說不盡那奢華富貴。」（古版畫，選自《今古奇觀》明末吳郡寶翰樓刊本。）

誇稱道〈鵲橋仙〉並進〈小蓬萊〉；伏侍的是〈好姐姐〉、〈柳青娘〉，幫襯道〈賀新郎〉同入〈銷金帳〉。做嬌客的磨槍備箭，豈宜重問〈後庭花〉？做新婦的，半喜還憂，此夜定然〈川撥棹〉。〈脫布衫〉時歡未艾，〈花心動〉處喜非常。※69

當時，張氏和春郎魂夢之中，也不想得到此，真正喜自天來。蘭孫小姐燈燭之下，覷見新郎容貌不凡，也自暗暗地歡喜。只道嫁個老人星，誰知卻嫁了個文曲星。◎8行禮已畢，便伏侍新人上轎。劉元普親自送到南樓，結燭合巹※70。又把那千金粧奩，一齊送將過來。劉元普自回去陪賓大吹大擂，直飲至五更而散。這裡洞房中一對新人，真正佳人遇著才子，那一宵歡愛，端的是如膠似漆，似水如魚。枕邊說到劉公大德，兩下裡感激，深入骨髓。

次日，天明起來，見了張氏，張氏又同他夫婦拜見劉公，十萬分稱謝。隨後，

註

※67及笄：滿十五歲。

※68窈窕淑女，君子好逑：《詩經．周南．關雎》：「關關雎鳩，在河之州。窈窕淑女，君子好逑。」看到一對雌雄關雎在河中互相鳴叫附和，就令人聯想到那窈窕的美女，引來君子的追求。

※69這段韻文以曲牌名目串成，明代時常用來穿插在描寫喜慶場合的小說或戲曲中打諢。

※70合巹：指成婚。古時，成親的夫婦要對飲合巹酒。巹，讀作「錦」。

眉批

◎8：即此便見陰德非小。（即空觀主人）

張氏就辦些祭物到靈柩前，叫媳婦拜了公公，兒子拜了岳父。張氏扶棺哭道：「丈夫生前，為人正直，死後必有英靈。劉伯父周濟了寡婦孤兒，又把名門貴女做你媳婦，恩德如天，非同小可！幽冥之中，乞保佑劉伯父早生貴子，壽過百齡。」春郎夫妻也各自默默地禱祝。自此上和下睦，夫唱婦隨，日夜焚香，保劉公冥福。

不覺光陰荏苒，又是臘月中旬，塋葬吉期到了。劉元普便自聚起匠役人工，在莊廳上抬取一對靈柩，到墳塋上來。張氏與春郎夫妻，各各帶了重孝相送。當下埋棺封土已畢，各立一個神道碑，一書「宋故襄陽刺史安卿裴公之墓」，一書「宋故錢塘縣尹克讓李公之墓」。只見松柏參差，山水環繞，宛然二塚相連。劉元普設三牲禮儀，親自舉哀拜奠。張氏三人，放聲大哭。哭罷，一齊望著劉元普拜倒在荒草地上不起。劉元普連忙答拜，只是謙讓無能，略無一毫自矜之色。隨即回來，各自散訖。

是夜，劉元普睡到三更，只見兩個人幞頭※71象簡，金帶紫袍，向劉元普撲地倒身拜下，口稱「大恩人」。劉元普吃了一驚，慌忙起身扶住道：「二位尊神何故降臨？折殺老夫也。」那左手的一位，說道：「某乃襄陽刺史裴習，此位即錢塘縣令李克讓也。上帝

一張描繪清朝婚禮的彩畫。

憐我兩人清忠，封某為天下都城隍，李公為天曹府判官之職。某繫獄身死之後，幼女無投，承公大恩，賜之佳婿，又賜佳城※72，使我兩人冥冥之中，遂為兒女姻眷，恩同天地，難效涓埃※73。已曾合表上奏天庭，上帝鑒公盛德，特為官加一品，壽益三旬，子生雙貴。幽膽雖隔，敢不報知？」那右手的一位，又說道：「某只為與公無交，難訴衷曲，故此空函寓意。不想公一見即明，慨然認義，養生送死，已出殊恩。淑女承祧※74，尤為望外。雖益壽添嗣，未足報洪恩之萬一。今有遺腹小女鳳鳴，明早已當出世，敢以此女，奉長郎君箕帚※75。公與我媳，我亦與公媳，略盡報效之私。」言訖，拱手而別。劉元普慌忙出送，被兩人用手一推，瞥然驚覺，卻正與王夫人睡在牀上。便將夢中所見所聞一一說了。夫人道：「妾身亦慕相公大德，古今罕有，自然得福非輕。神明之言，諒非虛謬。」劉元普道：「裴、李二公，生前正直，死後為神，他感我嫁女婚男，故來託夢，理之所有。但說我壽增三十，世間那有百歲之人？又說賜我二子，我今年已七十，雖然精力不減少時，那七十歲生

註

※71幞頭：幞，讀作「蒲」。頭巾。
※72佳城：此指風水好的墓地。
※73難效涓埃：此指劉元普的大恩，難以回報於萬一。涓埃，微不足道的報答或貢獻。
※74承祧：祧讀作「挑」。傳承香煙。
※75箕帚：指嫁給他做妻子。

子，卻也難得，恐未必然了。」

次日早晨，劉元普思憶夢中言語，整了衣冠，步到南樓。正要說與他三人知道，只見李春郎夫婦出來相迎。春郎道：「母親生下小妹，方在坐草※76之際。昨夜我母子三人，各有異夢，正要到伯父處報知賀喜，豈知伯父已先來了。」劉元普見說張氏生女，思想夢中李君之言，好生有驗。只是自己不曾有子，不好說得。當下問了張氏平安，就問：「夢中所見如何？」李春郎道：「夢見父親、岳父，俱已為神，口稱伯父大德，感動天庭，已為延壽添子，三人所夢，總只一樣。」劉元普暗暗稱奇，便將自己夢中光景，一一對兩人說了。春郎道：「此皆伯父積德所致，天理自然，非虛幻也。」劉元普隨即回家與夫人說知，各各駭歎。又差人到李家賀喜。不逾時，又及滿月。張氏抱了幼女，來見伯父、伯母，元普又問：「令愛何名？」張氏道：「小名鳳鳴，是亡夫夢中所囑。」劉元普見與己夢相符，愈加驚異。

民間信仰中城隍爺是由死去的名人或者對民眾有功勞者擔任的，多是公正無私的清官廉吏。（圖片攝影、來源：moerschy）

話休絮煩。且說王夫人當時年已四十歲了，只覺得喜食鹹酸，時常作嘔。劉元普只道中年人病發，延醫看脈，沒一個解說得出。就有個把有手段的忖道：「像是有喜氣的脈。」卻曉得劉元普年已七十，王夫人年已四十，從不曾生育的，為此都不敢下藥。只說道：「夫人此病，不消服藥，不久自瘳。」※77劉元普也道：「這樣小病，料是不妨。」自此也不延醫，放下了心。只見王夫人又過了幾時，當真病好，但覺得腰肢日重，裙帶漸短，眉低眼慢，乳脹腹高。劉元普半信半疑道：「夢中之言果然不虛麼？」

日月易過，不覺又及產期。劉元普此時不由你不信是有孕，提防分娩。一面喚了收生婆進來，又僱了一個奶子※78。忽一夜，夫人方睡，只聞得異香撲鼻，仙音嘹亮，夫人便覺腹痛。眾人齊來服侍分娩，不上半個時辰，生下一個孩兒。香湯沐浴過了，看時，只見眉清目秀，鼻直口方，十分魁偉。夫妻兩人歡喜之勝，元普對夫人道：「一夢之靈驗如此，若如裴、李二公之言，皆上天之賜也。」就取名劉天佑，字夢禎。此事便傳遍洛陽一城，把做新聞傳說。百姓們編出四句口號道：

註

※76坐草：即「坐蓐」，此指產後坐月子。
※77瘳：讀作「抽」。痊癒。
※78奶子：俗稱奶娘。負責餵奶及照顧嬰兒的雇傭婦人。

刺史生來有奇骨，爲人專好積陰騭。
嫁了裴女換劉兒，養得頭生做七十。

轉眼間又是滿月，少不得做湯餅會※79。眾鄉紳親友齊來慶賀，真是賓客填門，喫了三五日筵席。春郎與蘭孫自然已設宴賀喜自不必說。

且說李春郎自從成婚葬父之後，一發潛心經史，希圖上進，以報大恩。又得劉元普扶持，入了國子學。正與伯父、母、妻商量到京赴學以待試期，只見汴京有個公差到來，說是鄭樞密府中所差，前來接取裴小姐一家的。原來那蘭孫的舅舅鄭公，數月之內，已自西川節度內召為樞密院副使※80。還京之日，已知姊夫被難而亡，遂到清真觀回取甥女消息，說是賣在洛陽。又遣人到洛陽探問，曉得劉公仗義全婚，稱歎不盡。因為思念甥女，故此欲接取他姑嫜※81夫婿一同赴京相會。春郎得知此信，正

十九世紀時拍攝的北京國子監照片（圖片攝影：John Thomson）。

是兩便。蘭孫見說舅舅回京，也自十分歡喜。當下稟過劉公夫婦，就要擇個吉日，同張氏和鳳鳴起程。到期，劉元普治酒餞別。中間說起夢中之事，劉元普便對張氏說道：「去歲老夫夢中得見令先君，說令愛與小兒有婚姻之分。前日小兒未生，不敢啟齒。如今倘蒙不鄙，願結葭莩※82。」張氏欠身答道：「先夫夢中曾言，又蒙伯伯不棄，大恩未報，敢惜一女？只是母子孤寒如故，未敢仰攀，倘得犬子成名，當以小女奉郎君箕帚。」當下酒散。劉公又囑付蘭孫道：「你丈夫此去，前程萬里。我兩人在家安樂，孩兒不必掛懷。」諸人各各流涕，戀戀不捨。臨行，又自再三下拜，感謝劉公夫婦盛德，然後垂淚登程去了。洛陽與京師卻不甚遠，不時常有音信往來，不必細說。

再表公子劉天佑，自從生育，日往月來，又早週歲過頭。一日，奶子抱了小官人，同了養娘朝雲往外邊耍子。那朝雲年十八歲，頗有姿色，隨了奶子出來頑耍一晌，奶子道：「姐姐，你與我略抱一抱，怕風大，我去將衣服來與他穿。」朝雲

註

※79湯餅會：為慶賀得子而舉行的湯餅宴會。湯餅，即湯麵。
※80樞密院副使：樞密院，古代執掌國家機要政務，唐代始設。到了宋代演變成執掌軍事機要與外交。副使，即副院長。
※81姑嫜：公婆。
※82葭莩：讀作「家扶」。蘆葦中的薄膜，原指遠房甚少來往的親戚，此指親戚。

接過抱了。奶子進去了一回出來，只聽得公子啼哭之聲，著了忙，兩步當一步走到面前。只見朝雲一手抱了，一手伸在公子頭上揉著。奶子疾忙近前看時，只見跌起老大一個疙瘩，便大怒發話道：「我略轉得一轉背，便把他跌了，你豈不曉得他是老爺、夫人的性命？若是知道，須連累我喫苦！我便去告訴老爺、夫人，看你這小賤人逃得過這一頓責罰也不！」說罷，抱了公子，氣憤憤的便走。朝雲見他勢頭不好，一時性發，也接應道：「你這樣老豬狗，倚仗公子勢利，便欺負人，◎9破口罵我！不要使盡了英雄！莫說你是奶子，便是公子，我也從不曾見有七十歲的養頭生，知他是拖來也是抱來的人？卻為這一跌，便凌辱我。」朝雲雖是口強，卻也心慌，不敢便走進來。不想那奶子一五一十，竟將朝雲說話對劉元普說了。元普聽罷，忻然說道：「這也怪不得他，七十生子，原是罕有。他一時妄言，何足計較？」當時奶子只道搬鬥朝雲一場，少也敲個半死，不想元普如此寬容，把一片火性化做半盃冰水，抱了公子自進去了。卻說元普當夜與夫人喫夜飯罷，自

✦英國十九世紀畫家William Alexander繪製的一幅清朝婦人、小孩、奴婢畫。

到書房裡去安歇，分付女婢道：「喚朝雲到我書房裡來。」眾女婢只道為日裡事發，要難為他，倒替他擔著一把干係，疾忙鷹拿燕雀的把朝雲拿到。可憐朝雲懷著鬼胎，戰兢兢的立在劉元普面前，只打點領責。元普分付眾人道：「你們多退去，只留朝雲在此。」一眾人領命，一齊都散，不留一人。元普便叫朝雲閉上了門。朝雲正不知劉元普葫蘆內取出甚麼藥來。只見劉元普叫他近前，說道：「人之不能生育，多因交會之際，精力衰微，浮而不實，故艱於種子；若精力健旺，雖老猶少。你卻道老年人不能生產，便把那抱別姓、借異種這樣邪說疑我。我今夜留你在此，正要與你試一試精力，消你這點疑心。」◎10原來，劉元普初時只道自己不能生兒，所以不肯輕納少年女子。如今已得過頭生，便自放膽大了。又見夢中說尚有一子，一時間不覺通融起來。那朝雲也是偶然失言，不想到此分際，卻也不敢違拗，只得伏侍元普解衣同寢。但只見：

一個似八百年彭祖的長兄，一個似三十歲顏回的少女。翻雲帶雨，宓妃傾洛水澆著壽星頭；似水如魚，呂望持釣竿撥動楊妃舌。乘牛老君，摟住捧玉盤的龍女；騎驢果老，搭著執笊籬的仙姑。胥靡藤纏定牡丹花，綠毛龜採取芙蕖蕊。太白金星淫性發，上青玉女欲情來。

眉批

◎9：此婦人本色。（即空觀主人）
◎10：劉公釋疑之慮甚是，非好色也。（即空觀主人）

劉元普雖則年老，精神強悍。朝雲只得忍著痛苦承受，約莫弄了一個更次，陽泄而止。是夜劉元普便與朝雲同睡。天明，朝雲自進去了。劉元普起身對夫人說知此事，夫人只是笑。眾女婢和奶子多道：「老爺一向極有正經，而今倒恁般老沒志氣。」誰想劉元普和朝雲只此一宵，便受了娠。劉元普也是一時要他不疑，賣弄本事，也不道如此快當。夫人便鋪個下房，勸相公冊立朝雲為妾。劉元普應允了，便與朝雲戴笄，納為後房，不時往朝雲處歇宿。朝雲想起當初一時失言，倒得這個好地位了。那劉元普與朝雲戲言道：「你如今方信公子可不是拖來抱來的了麼？」朝雲耳紅面赤，不敢言語。轉眼之間，又已十月滿了。一日，朝雲腹痛難禁，也覺得異香滿室，生下一個兒子，方纔落地，只聽得外面喧嚷。劉元普出來看時，卻是報李春郎狀元及第的。劉元普見姪兒登科，不辜負了從前仁義之心。又且正值生子之時，也是個大大吉兆。心下不勝快樂。當時報喜之人就呈上李狀元家書。劉元普拆開看道：

姪兒母孤孀得延殘息足矣。賴伯父保全終始，遂得成名，皆伯父之賜也。邇來二尊人起居，想當佳勝。本欲給假，一候

✦描繪古人宴飲作樂的壁畫《宴飲圖》。

尊顏，緣侍講東宮※83，不離朝夕，未得如心。姑寄御酒二瓶，爲伯父頤老之資；宮花二朵，爲賢郎鼎元※84之兆。臨風神逞，不盡鄙忱。

劉元普看畢，收了御酒宮花，正進來與夫人說知。只見公子天佑走將過來。劉元普喚住，遞宮花與他道：「哥哥在京得第，特寄宮花與你，願我兒他年瓊林賜宴※85，與哥哥今日一般。」公子欣然接去，向頭上亂插，望著爹娘唱了兩個深喏，引得那兩人老人家歡喜無限。劉元普隨即修書賀喜，並說生次子之事。打發京中人去訖，便把皇封御酒祭獻裴、李二公，然後與夫人同飲，從此，又將次子取名天錫，表字夢符。兄弟日漸長成，十分乖巧。劉元普延師訓誨，以待成人。又感上天佑庇，一發修橋砌路，廣行陰德。裴、李二公墓，每年春秋祭掃不題。

再表這李狀元在京之事。那鄭樞密院與夫人魏氏，止生一幼女，名曰素娟，尚在襁褓。他只為姐姐、姐夫早亡，甚是愛重甥女。故此李氏一門，在他府中十分相得。李狀元自成名之後，授了東宮侍講之職，深得皇太子之心。自此十年有餘。真

註

※83侍講東宮：爲太子講授文史典籍。侍講，古代官名，教授帝王課業的官員。

※84鼎元：科舉考試前三名的總稱，即狀元、榜眼和探花。

※85瓊林賜宴：天子款待新科進士所舉辦的宴會。

宗皇帝崩了，仁宗皇帝登位，優禮師傅，便超陞李彥青為禮部尚書，進階一品。劉元普仗義之事情，自仁宗為太子時，春郎早已自幾次奏知，當日便進上一本，懇賜還鄉祭掃，並乞褒封。仁宗頒下詔旨：「錢塘縣尹李遜，追贈禮部尚書，襄陽刺史裴習追復原官，各賜御祭一筵；青州刺史劉弘敬，以原官加陞三級。禮部尚書李彥青，給假半年，還朝復職。」

李尚書得了聖旨，便同張老夫人、裴夫人、鳳鳴小姐，謝別了鄭樞密，馳驛回洛陽來。一路上車馬旌旗，炫耀輝數里。府縣官員，出郭迎接。那李尚書去時尚是弱冠，來時已作大臣，卻又年止三十。洛陽父老，觀者如堵，都稱歎劉公不但有德，抑且能識好人。當下李尚書家眷先到劉家下馬。劉元普夫婦聞知，忙排香案，迎接聖旨，山呼已畢。張老夫人、李尚書、裴夫人，俱各

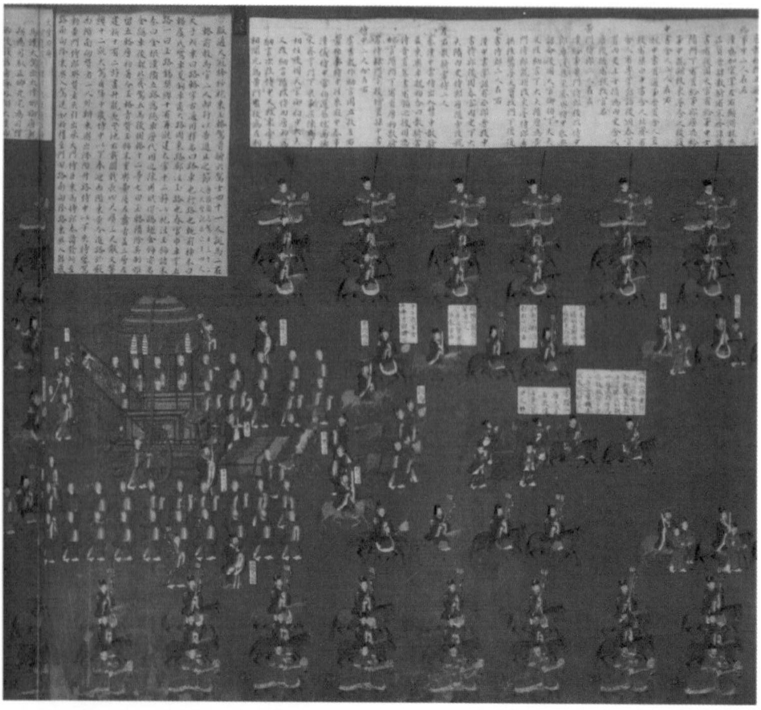

宋朝時的皇宮儀隊，圖片出自於北宋《大駕鹵簿圖書》。

紅袍玉帶，率領了鳳鳴小姐，齊齊拜倒在地，稱謝洪恩。劉元普扶起李尚書，王夫人扶起夫人、小姐，就喚兩位公子出來，相見嬸嬸、兄嫂。眾人看見兄弟二人相貌魁梧，又酷似劉元普模樣，無不歡喜。都稱歎道：「大恩人生此雙璧，無非積德所招。」隨即排著御祭，到裴、李二公墳塋，焚香奠酒。張氏等四人各各痛哭一場，撤祭而回。

劉元普開筵賀喜。食供三套，酒行數巡。劉元普起身對尚書母子說道：「老夫有一衷腸之話，含藏十餘年矣，今日不敢不說。令先君與老夫，生平實無一面之交。當賢母子來投，老夫茫然不知就裡。及至拆書看時，並無半字。初時不解其意，仔細想將起來，必是聞得老夫虛名，欲待托妻寄子。卻是從無一面，難敘衷情，故把空書藏著啞迷。老夫當日認假為真，雖妻子跟前不敢說破。其實所稱八拜為交，皆虛言耳。今日喜得賢姪功成名遂，耀祖榮宗，老夫若再不言，是埋沒令先君一段苦心也。」言畢，即將原書遞與尚書母子展看。尚書母子號慟感謝。眾人直至今日，纔曉得空函認義之事，十分稱歎不止。正是：

故舊托孤天下有，虛空認義古來無。
世人盡效劉元普，何必相交在始初？

當下，劉元普又說起長公子求親之事，張老夫人欣然允諾。裴夫人起身說道：「奴受爹爹厚意，未報萬一。今舅舅鄭樞密生一表姊，名曰素娟，正與次弟同庚。奴家願為作伐※86，成其配偶。」劉元普稱謝了。當日無話。

劉元普隨即就與天佑聘了李鳳鳴小姐。李尚書一面寫表轉達朝廷，奏聞空函認義之事，一面修書與鄭公說合。不逾時，仁宗看了表章，龍顏大喜，驚歎劉弘敬盛德，隨頒恩詔除建坊旌表外，特以李彥青之官封之，以彰殊典。那鄭公素慕劉公高義，求婚之事，無有不從。李尚書既做了天佑舅舅，又做了天賜中表聯襟，親上加親，十分美滿。以後天佑狀元及第，天錫進士出身※87，兄弟兩人，青年同榜。劉元普直看二子成婚，各各生子。然後忽一夜，夢見裴使君來拜道：「某任都城隍已滿，乞公早赴瓜期※88，上帝已有旨矣。」次日無疾而終，恰好百歲。王夫人也自壽過八十。李尚書夫婦痛哭倍常，認作親生父母，心喪※89六年。雖然劉氏自有子孫，李尚書卻自年年致祭，這叫做知恩報恩。唯有裴公無後，也是李氏子孫世世拜掃，自此世居洛陽，看守先塋，不回西粵。裴夫人生子，後來也出仕貴顯。那劉天佑直做到同平章事，劉天

宋仁宗畫像。

錫直做到御史大夫。劉元普屢受褒封，子孫蕃衍※90不絕，此陰德之報也。這本話文，出在《空緘記》※91，如今依傳編成演義一回，所以奉勸世人為善，有詩為證：

陰陽總一理，禍福唯自來；
莫道天公遠，須看刺史劉。

註

※86作伐：爲人作媒。出自《詩經．豳風．伐柯》：「伐柯如何？匪斧不克；取妻如何？匪媒不得。」

※87進士出身：科舉考試通過殿試的考生，依照成績優劣，分別授予進士及第、進士出身、同進士出身。

※88瓜期：任期滿時，新舊任交接。

※89心喪：泛指心中哀傷哀悼念如同替父母或師長守喪一般。

※90蕃衍：孳生眾多，同「繁衍」。

※91《空緘記》：傳奇名。明王元壽撰。

第十九卷　俞伯牙摔琴謝知音

浪說曾分鮑叔金，誰人辨得伯牙琴？
於今交道奸和鬼，湖海空懸一片心。

古來論交情至厚，莫如管、鮑※1。管是管夷吾，鮑是鮑叔牙。他兩個同為商賈，得利均分。時管夷吾多取其利，叔牙不以為貪，知其貧也。後來管夷吾被囚，叔牙脫之，薦為齊相※2。這樣朋友，纔是個真正相知。這相知有幾樣名色：恩德相結者，謂之知己；腹心相照者，謂之知心；聲氣相求者，謂之知音。總來叫做相知。今日聽在下說一樁俞伯牙的故事。列位看官們要聽者，洗耳而聽；不要聽者，各隨尊便。正是：

知音說與知音聽，不是知音不與談。

唐代的銅鏡，鏡上裝飾的圖案是伯牙彈琴。（圖片攝影、來源：sailko）

話說春秋戰國時，有一名公，姓俞名瑞，字伯牙。楚國郢都人氏，即今湖廣荊州府之地也。那俞伯牙身雖楚人，官星卻落於晉國，仕至上大夫之位。因奉晉主之命，來楚國修聘。伯牙討這個差使，一來是個大才，不辱君命；二來，就便省視鄉里，一舉兩得。當時從陸路至郢都，朝見了楚王，致了晉主之命。楚王設宴款待，十分相敬。那郢都乃是桑梓※3之地，少不得去看一看墳墓，會一會親友。然雖如此，各事其主，君命在身，不敢遲留。公事已畢，拜辭楚王。楚王贈以黃金彩緞，高車駟馬。伯牙離楚一二十年，思想故國江山之勝，欲得恣情觀覽，要打從水路大寬轉※4而回，乃假奏楚王道：「臣不幸有犬馬之疾，不勝車馬馳驟，乞假臣舟楫，以便醫藥。」楚王准奏，命水師撥大船二隻，一正一副。正船單坐晉國來使，副船安頓僕從行李，都是蘭橈畫槳※5錦帳高帆，甚是齊整。群臣直送到江頭

註

※1管鮑：指管仲和鮑叔牙。鮑叔牙，春秋時代齊國大夫，年幼和管仲是知交，知道他家境貧窮，就接濟他一些財物。後世以管仲和鮑叔牙的事蹟，來比喻知交好友。

※2管夷吾被囚，叔牙脱之，薦爲齊相：鮑叔牙事齊桓公，管仲事公子糾，公子糾死，管仲成爲階下囚，鮑叔牙深知管仲的賢才，故將他推薦給齊桓公，輔佐齊桓公成霸業。

※3桑梓：代稱鄉里。

※4大寬轉：繞路而行。

※5蘭橈畫槳：蘭橈，以木蘭樹製成的船槳，畫槳，華美的船槳。兩個詞都指華美的船隻。

而別。

只因覽勝探奇，不顧山遙水遠。

伯牙是個風流才子，那江山之勝，正投其懷。張一片風帆，凌千層碧浪，看不盡遙山疊翠，遠水澄清。不一日，行至漢陽江口。時當八月十五日中秋之夜。偶然風狂浪湧，大雨如注，舟楫不能前進，泊於山崖之下。不多時，風恬浪靜，雨止雲開，現出一輪明月。那雨後之月，其光倍常。伯牙在船艙中獨坐無聊，命童子：「焚香爐內，待我撫琴一操，以遣情懷。」童子焚香罷，捧琴囊，置於案間。伯牙開囊取琴，調絃轉軫※6，彈出一曲。曲猶未終，指下「刮刺」的一聲響，那琴絃斷了一根。伯牙大驚，叫童子去問船頭※7：「這住船所在是甚麼去處？」船頭答道：「偶因風雨，停泊於山腳

伯牙在船艙中彈琴，崖上樵夫聽琴。（古版畫，選自《今古奇觀》明末吳郡寶翰樓刊本。）

之下，雖然有些草樹，並無人家。」伯牙驚訝，想道：「是荒山了。若是城郭村莊，或有聰明好學之人，盜聽吾琴，所以琴聲忽變，有絃斷之異。這荒山下那得有聽琴之人？哦，我知道了。想是有仇家差來刺客；不然或是賊盜，伺候更深，登舟劫我財物。」叫左右：「與我上崖搜檢一番。不在柳陰深處，定在蘆葦叢中。」

左右領命，喚齊眾人，正欲搭跳上崖。忽聽崖上有人答應道：「舟中大人不必見疑。小子竝※8非奸盜之流，乃樵夫也。因打柴歸晚，值驟雨狂風，雨具不能遮蔽，潛身巖畔，聞君雅操，少住聽琴。」伯牙大笑道：「山中打柴之人，也敢稱『聽琴』二字！此言未知真偽，我也不計較了。左右的，叫他去罷。」那人不去，在崖上高聲說道：「大人出言謬矣！豈不聞『十室之邑，必有忠信』※9？『門內有君子，門外君子至。』大人若欺負山野中沒有聽琴之人，這夜靜更深荒崖下，也不該有撫琴之客了。」

註

※6軫：指古琴、琵琶等絃樂器，調節音高用的木軸，轉緊則爲高音，轉鬆則爲低音。

※7船頭：船上監督貨運的頭目；船主。參見《漢語大辭典》。

※8竝：同今並字，是並的異體字。

※9十室之邑，必有忠信：即使只有十戶的小鎮，也有忠信之人。語出《論語．公冶長》：「十室之邑，必有忠信如丘者焉，不如丘之好學也。」十戶的小鎮，也必定有像孔丘這般講忠信的人，但卻不如孔丘好學不倦。

伯牙見他出言不俗，或者真是個聽琴的，亦未可知。止住左右不要囉唕※10，走近艙門，回嗔作喜的問道：「崖上那位君子，既是聽琴，站立多時，可知道我適才所彈何曲？」那人道：「小子若不知，卻也不來聽琴了。方纔大人所彈，乃《孔仲尼歎顏回》※11。譜入琴聲，其詞云：『可惜顏回命蚤※12亡，教人思想鬢如霜。只因陋巷簞瓢樂，』到這一句，就絕了琴絃，不曾撫出第四句來。小子也還記得：『留得賢名萬古揚。』」

伯牙聞言大喜道：「先生果非俗士！隔崖窎遠※13，難以問答。」命左右掌跳：「看扶手請那位先生登舟細講。」左右掌跳，此人上船，果然是個樵夫。頭戴箬笠，身披草衣，手持尖擔，腰插板斧，腳踏芒鞋。手下人那知言談好歹，見是樵夫，下眼相看※14：「咄，那樵夫下艙去，見我老爺叩頭。問你甚麼言語，小心答應，官尊著哩。」樵夫卻是個有意思的，道：「列位不須粗魯，待我解衣相見。」除了斗笠，頭上是青布包巾；脫了蓑衣，身上是藍布衫兒；搭膊※15拴腰，露出布裩※16下截。那時不慌不忙，將蓑衣、斗笠、尖擔、板斧俱安放艙門之外，脫下芒鞋，躧去泥水，重覆穿上◎1，步入艙來。官艙內公座上燈燭輝煌，樵夫長揖而不跪道：「大人施禮了。」俞伯牙是楚國大臣，眼界中那有兩接※17的布衣？下來還禮，

北京頤和園長廊中的壁畫「伯牙彈琴、子期聽琴」。（圖片攝影、來源：shizhao）

恐失了官體。既請下船，又不好叱他回去。伯牙沒奈何，微微舉手道：「賢友免禮罷。」叫童子看坐。童子取一張杌※18坐兒置於下席。伯牙全無客禮，把嘴向樵夫一努道：「你且坐了。」「你我」之稱，怠慢可知。那樵夫亦不謙讓，儼然坐下。

伯牙見他不告而坐，微有嗔怪之意，因此不問姓名，亦不呼手下人看茶。默坐多時，怪而問之：「適纔崖上聽琴的就是你麼？」樵夫答言：「不敢。」伯牙道：「既來聽琴，我且問你，必知琴之出處。此琴何人所造？撫琴有甚好處？」正問之時，船頭上稟話，風色順了，月明如晝，可以開船。伯牙分付：「且慢些。」樵夫道：「承大人下問。小子若講話絮煩，恐耽誤順風行舟。」伯牙笑道：「惟恐

註

※10囉唣：吵鬧、喧嘩。
※11孔仲尼歎顏回：顏回，字子淵，春秋魯人，孔子弟子。生於西元前五二一年，卒於西元前四九〇年。家貧而好學，孔門弟子中最賢。顏回三十一歲過世，孔子非常難過，伯牙所彈之曲，正是孔子哀嘆顏回早逝。
※12蚤：早。
※13窵遠：遠隔。
※14下眼相看：低眼看人，輕蔑、傲慢的態度。
※15搭膊：一種綁在腰間的長形布帶，中間有個布囊，可以放東西，類似今之腰包。
※16裩：讀作「坤」。古代的褲子。同今褌字，是褌的異體字。
※17兩接：兩截。褲子跟上衣是分開的。
※18杌：讀作「物」。方形的凳子。

眉批

◎1：氣象何等從容，眼中已無伯牙矣。（無礙居士）

你不知琴理。若講得有理，就不做官，亦非大事；何況行路之遲速乎？」樵夫道：「既如此，小子方敢僭談。此琴乃伏羲氏所琢，見五星之精，飛墜梧桐，鳳凰來儀※18。鳳乃百鳥之王，非竹實不食，非梧桐不棲，非醴泉※19不飲。伏羲氏知梧桐乃樹中之良材，奪造化之精氣，堪為雅樂，令人伐之。其樹高三丈三尺，按三十三天之數，截為三段，分天、地、人三才。取上一段叩之，其聲太清，以其過輕而廢之；取下一段叩之，其聲太濁，以其過重而廢之；取中一段叩之，其聲清濁相濟，輕重相兼。送長流水中，浸七十二日，按七十二候之數，取起陰乾。選良時吉日，用高手匠人劉子奇斲※20成樂器。此乃瑤池之樂，故名『瑤琴』。長三尺六寸一分，按周天三百六十一度。前闊八寸，按八節；後闊四寸，按四時；厚二寸，按兩儀※21。有金童頭、玉女腰、仙人背、龍池、鳳沼、玉軫、金徽。那徽有十二，按十二月；又有一中徽，按閏月。先是五條絃

伯牙鍾子期圖，此圖為十六世紀日本畫家狩野元信所繪。（圖片來源：Metropolitan Museum of Art）

在上，外按五行金、木、水、火、土，內按五音宮、商、角、徵、羽。堯、舜時操五絃琴，歌『南風』詩，天下大治。後因周文王被囚於羑里※22弔子伯邑考，添絃一根，清幽哀怨，謂之『文絃』。後武王伐紂，前歌後舞，添絃一根，激烈發揚，謂之『武絃』。先是宮、商、角、徵、羽五絃，後加二絃，稱為『文武七絃琴』。此琴有六忌、七不彈、八絕。何為六忌？一忌大寒，二忌大暑，三忌大風，四忌大雨，五忌迅雷，六忌大雪。何為七不彈？聞喪者不彈，奏樂不彈，事冗不彈，不淨身不彈，衣冠不整不彈，不焚香不彈，不遇知音者不彈。何為八絕？總之清奇幽雅，悲壯悠長。此琴撫到盡美盡善之處，嘯虎聞而不吼，哀猿聽而不啼，乃雅樂之好處也。」

伯牙聽見他對答如流，猶恐是記問之學，又想道：「就是記問之學，也虧他了。我再試他一試。」此時已不似在先你我之稱了。◎2又問道：「足下既知樂理，當時孔仲尼鼓琴於室中，顏回自外入，聞琴中有幽沉之聲，疑有貪殺之意，怪

註

※19鳳凰來儀：鳳凰飛來，象徵祥瑞，以示吉兆。

※20斲：讀作「卓」。砍伐、削木。

※21兩儀：天地。典故出自《易經．繫辭傳上》：「是故易有太極，是生兩儀。」太極是天地未開之前的一種渾沌未明的狀態，有了太極才有天地。

※22羑里：讀作「有理」今河南省湯陰縣北。

眉批

◎2：須著眼看，伯牙徐徐入港處。（無礙居士）

而問之。仲尼曰：『吾適鼓琴，見貓方捕鼠欲其得之，又恐其失之。此貪殺之意，遂露於絲桐。』始知聖門音樂之理，入於微妙。假如下官撫琴，心中有所思念，足下能聞而知之否？」樵夫道：「《毛詩》云：他人有心，予忖度之。』[23]大人試撫弄一過，小子任心猜度。若猜不著時，大人休得見罪。」伯牙將斷紘重整，沉思半晌，其意在於高山，撫琴一弄。樵夫贊道：「美哉洋洋[24]乎！大人之意，在高山也。」伯牙不答。又凝神一會將琴再鼓，其意在於流水。樵夫又贊道：「美哉湯湯[25]乎！志在流水！」只兩句道著了伯牙的心事。伯牙大驚，推琴而起，與子期施賓主之禮，連呼：「失敬！失敬！石中有美玉之藏，若以衣貌取人，豈不悞[26]了天下賢士！先生高名雅姓？」樵夫欠身而答：「小子姓鍾，名徽，賤字子期。」伯牙拱手道：「是鍾子期先生。」子期轉問：「大人高姓，勞任何所？」伯牙道：「下官俞瑞，仕於晉朝，因修聘[27]上國而來。」◎3子期道：「原來是伯牙大人。」伯牙推子期坐於客位，自己主席相陪，命童子點茶[28]。茶罷，又命童子取酒共酌。伯牙道：「借此攀話[29]，休嫌簡褻。」子期稱：「不敢」。

童子取過瑤琴，二人入席飲酒。伯牙開言又問：「先生聲口是楚人了。但不知尊居何

◆宋徽宗名畫《聽琴圖》。

處？」子期道：「離此不遠，地名馬安山集賢村，便是荒居。」伯牙點頭道：「好個集賢村！」又問：「道藝※30何為？」子期道：「也就是打柴為生。」伯牙微笑道：「子期先生，下官也不該僭言。似先生這等抱負，何不求取功名，立身於廊廟※31，垂名於竹帛※32？卻乃齎志林泉※33，混跡樵牧，與草木同朽，竊為先生不取也。」子期道：「實不相瞞，舍間上有年邁二親，下無手足相輔。採樵度日以盡父母之餘年，雖位為三公之尊，不忍易我一日之養也。」伯牙道：「如此大孝，一發難得。」二人杯酒酬酢※34了一會，子期寵辱無驚，伯牙愈加愛重。又問：「子期

註

※23他人有心，予忖度之：意謂別人心裡的想法，我可以猜測出來。典故出自《詩經．小雅．巧言》。

※24洋洋：此處作廣闊高遠之意。

※25湯湯：水勢盛大的樣子。

※26悮：阻礙、耽誤。同今「誤」字，是誤的異體字。

※27修聘：諸侯之間派遣使臣進行友好訪問。

※28點茶：唐、宋時流行的一種烹茶方法，將滾燙的水緩慢倒進杯中的茶葉上。

※29攀話：閒談、交談。

※30道藝：此指所從事的行業。

※31廊廟：指朝廷。

※32竹帛：指史籍典策。

※33齎志林泉：拋棄遠大的抱負理想，退隱於山林之中。齎，讀作「基」，粉碎。

※34酬酢：飲宴中賓客和主人互相敬酒。

眉批

◎3：按《地理志》，伯牙臺在浙江嘉興府海鹽縣，臺側有聞琴橋，疑即與鍾子期鼓琴處。小說大抵非實錄，不過借事以見知音之難耳（無礙居士）

青春多少？」子期道：「虛度二十有七。」伯牙道：「下官年長一旬。子期若不見棄，結為兄弟相稱，不負知音契友。」◎4子期笑道：「大人差矣！大人乃上國名公，鍾徽乃窮鄉賤子，怎敢仰扳※35？有辱俯就。」伯牙道：「相識滿天下，知心能幾人？下官碌碌風塵，得與高賢結契，實乃生平之萬幸。若以富貴貧賤為嫌，覷俞瑞為何等人乎！」遂命童子重添爐火，再爇※36名香，就船艙中與子期頂禮八拜。伯牙年長為兄，子期為弟。今後兄弟相稱，生死不負。拜罷，復命取煖酒再酌。子期讓伯牙上坐。伯牙從其言，換了杯筯※37，子期下席。兄弟相稱。彼此談心敘話◎5，正是：

合意客來心不厭，知音人聽話偏長。

談論正濃，不覺月淡星稀，東方發白。船上水手，都起身收拾篷索，整備開船。子期起身告辭。伯牙捧一杯酒遞於子期，把子期之手歎道：「賢弟，我與你相見何太遲，相別何太早！」子期聞言，不覺淚珠滴於杯中，子期一飲而盡。斟酒回敬伯牙。二人各有眷戀不捨

古琴臺，又名伯牙臺，位於武漢市漢陽區。據《呂氏春秋》、《列子》等記載，俞伯牙於該處偶遇鐘子期。古琴臺建於北宋，後屢遭損毀。清嘉慶初年重建古琴臺。（圖片攝影、來源：Wuchernchau）

之意。伯牙道：「愚兄餘情不盡，意欲曲延賢弟同行數日，未知可否？」子期道：「小弟非不欲相從，怎奈二親年老，『父母在，不遠遊。』」伯牙道：「既是二位尊人在堂，回去告過二親，到晉陽來看愚兄一看，這就是『遊必有方』※38了。」子期道：「小弟不敢輕諾而寡信。許了賢兄，就當踐約。萬一稟命於二親，二親不允，使仁兄懸望於數千里之外，小弟之罪更大矣。」伯牙道：「賢弟真所謂至誠君子。也罷，明年還是我來看賢弟。」子期道：「仁兄明歲何時到此？小弟好伺候尊駕。」伯牙屈指道：「昨夜是中秋節，今日天明，是八月十六日了。賢弟，我來仍在仲秋中五六日奉訪。若過了中旬，遲到季秋月分，就是爽信，不為君子。」叫童子分付記室※39：「將鍾賢弟所居地名及相會的日期，登寫在日記簿上。」子期道：「既如此，小弟來年仲秋中五六日，准在江邊侍立拱候，不敢有誤。天色已明，小弟告辭了。」伯牙道：「賢弟且住。」命童子取黃金二笏※40，不用封帖，雙手捧

註

※35扳：此處讀作「攀」，攀附之意，同「攀」。

※36爇：讀作「熱」或「若」，燒也。

※37筯：筷子。同今箸字，是箸的異體字。

※38父母在，不遠遊，遊必有方：語出《論語．里仁》。父母健在時，不去遠方遊歷，若要出遠門，必定要稟告雙親。

※39記室：古代執掌書記的隨從官員，類似今之秘書。

※40笏：此指把金子鑄造成古代官員上朝時所拿的笏板形狀，每塊約二十四兩重。

眉批

◎4：誰肯。（無礙居士）

◎5：始而慢，繼而疑，繼而信，繼而愛，而終於相親不捨。（無礙居士）

定，道：「賢弟，些須薄禮，權為二位尊人甘旨※41之費。斯文骨肉，勿得嫌輕。」子期不敢謙讓，即時收下，再拜告別，含淚出艙，取尖擔挑了蓑衣、斗笠，插板斧於腰間，掌跳搭扶手上崖。伯牙直送至船頭，各各灑淚而別。

不題子期回家之事。再說俞伯牙點鼓開船，一路江山之勝，無心觀覽，心心念念，只想著知音之人。又行了幾日，捨舟登岸。經過之地，知是晉國上大夫，不敢輕慢，安排車馬相送，直至晉陽，回覆了晉主，不在話下。

光陰迅速，過了秋冬，不覺春去夏來。伯牙心懷子期，無日忘之。想著中秋節近，奏過晉主，給假還鄉。晉主依允。伯牙收拾行裝，仍打大寬轉從水路而行。下船之後，分付水手，但是灣泊所在，就來通報地名。事有偶然，剛剛八月十五夜，水手稟覆，此去馬安山不遠。伯牙依稀還認得去年泊船相會子期之處。分付水手，將船灣泊，水底拋錨，崖邊釘橛※42。其夜晴明，船艙內一線月光射進朱簾。

伯牙命童子將簾捲起，步出艙門，立於船頭之上，仰觀斗柄。水底天心，萬頃茫然，照如白晝。思想：「去歲與知己相逢，雨止月明。今夜重來，又值良夜。他約定江邊相候，如何全無蹤影，莫非爽※43信？又等了一會，想道：「我理會得了。江邊來往船隻頗多，我今日所駕的，不是去年之船了。吾弟急切如何認得？去歲我原為撫琴

舊照片中的古琴臺。

驚動知音，今夜仍將瑤琴撫弄一曲。吾弟聞之，必來相見。」命童子取琴桌安放船頭，焚香設座。伯牙開囊，調絃轉軫，纔汎音律，商絃中有哀怨聲音。伯牙停琴不操：「呀！商絃哀聲淒切，吾弟必遭憂在家。去歲曾言，父母年高，若非父喪，必是母亡。他為人至孝，事有輕重，寧失信於我，不肯失禮於親，所以不來也。來日天明，我親上崖探望。」叫童子收拾琴桌下艙就寢。

伯牙一夜不睡，真個巴明不明，盼曉不曉。看看月移簾影，日出山頭。伯牙起來，梳洗整衣，命童子攜琴相隨。又取黃金十鎰※44帶去，「倘吾弟居喪，可為賻禮※45。」踹跳登崖，迤邐望馬安山而行。約莫十數里，出一谷口。伯牙站住，童子稟道：「老爺為何不行？」伯牙道：「山分南北，路列東西。從山谷出來，兩頭都是大路，都去得，知道那一路往集賢村去？等個識路之人，問明了他，方纔可行。」伯牙就石上少憩，童兒退立於後。

不多時，左手官路上，有一老叟髯垂玉線，髮挽銀絲，箬冠野服，左手舉藤

註

※41甘旨：原意爲美味。此指買好吃的食物奉養父母。
※42橛：讀作「絕」。小木樁、短木頭。依據《中華民國教育部重編國語辭典修訂本》解釋。
※43爽：失。
※44鎰：量詞。古代計算重量的單位。以二十兩或二十四兩爲「一鎰」。
※45賻禮：贈送給喪家的錢財、禮金。

杖，右手攜竹籃，徐步而來。伯牙起身整衣，向前施禮。那老者不慌不忙，將右手竹籃輕輕放下，雙手舉藤杖還禮道：「先生有何見教？」伯牙道：「請問兩頭路，那一條路往集賢村去的？」老者道：「那兩頭路，就是兩個集賢村。左手是上集賢村，右手是下集賢村。通衢三十里官道。先生從谷出來，正當其半，東去十五里，西去也是十五里。不知先生要往那個集賢村去？」

伯牙默默無言。暗想道：「吾弟是個聰明人，怎麼說話這等糊塗！相會之日，你知道此間有兩個集賢村，或上或下，就該說個明白了。」伯牙卻纔沉吟，那老者道：「先生這等吟想，一定那說路的不曾分上下，總說了個集賢村，教先生沒處抓尋了。」伯牙道：「便是。」老者道：「兩個集賢村中，有一二十家莊戶，大抵都是隱遯※46避世之輩。老夫在這山裡多住了幾年，正是『土居三十載，無有不親人』。這些莊戶，不是舍親，就是敝友。先生到集賢村，必是訪友。只說先生所訪之友，姓甚名誰，老夫就知他住處了。」伯牙道：「學生要往鍾家莊去。」老者道：「先生到鍾家莊要訪何

✦北魏時代的撫琴石佛像。

人？」伯牙道：「要訪子期。」

老者聞之「子期」二字，一雙昏花眼內撲簌簌掉下淚來，嗚嗚咽咽不覺大聲哭道：「子期鍾徽，乃吾兒也。去年八月十五採樵歸晚，遇晉國上大夫俞伯牙先生。講論之間，意氣相投。臨行贈黃金二笏。吾兒買書攻讀。老拙無才，不曾禁止。旦則採樵負重，暮則誦讀辛勤，心力耗廢，染成怯疾，數月之間，已亡故了。」伯牙聞言，五內崩裂，淚如湧泉，大叫一聲，傍山崖跌倒，昏絕於地。鍾公驚愕，含淚攙扶。回顧小童道：「此位先生是誰？」小童低低附耳道：「就是俞伯牙老爺。」鍾公道：「原來是吾兒好友。」扶起伯牙甦醒。伯牙坐於地下，口吐痰涎，雙手搥胸，慟哭不已道：「賢弟呵！我昨夜泊舟，還說你爽信，豈知已為泉下之鬼！你有才無壽了。」鍾公拭淚相勸。伯牙哭罷起來，重與鍾公施禮，不敢呼老丈，稱為老伯，以見通家兄弟之意。伯牙道：「老伯，令郎還是停柩在家？還是出瘞※47郊外了？」鍾公道：「一言難盡。亡兒臨終，老夫與拙荊，坐於臥榻之前。亡兒遺語囑咐道：『修短由天，兒生前不能盡人子事親之道，死後乞葬於馬安山江邊，與晉大夫俞伯牙有約，欲踐前言耳。』老夫不負亡兒臨終之言。適纔先生來的小路之右，

註

※46遯：逃。同「遁」。

※47瘞：讀作「意」，用土掩埋、埋葬。

一丘新土，即吾兒鍾徽之家。今日是百日之忌，老夫提一陌※48紙錢，往墳前燒化。何期與先生相遇！」伯牙道：「既如此，奉陪老伯，就墳前一拜。」命小童代太公提了竹籃，鍾公策杖引路，伯牙隨後，小童跟定。復進谷口，果見一丘新土，在於路左。伯牙整衣下拜：「賢弟在世，為人聰明，死後為神靈應。愚兄此一拜誠永別矣！」拜罷，放聲又哭。驚動山前山後，山左山右，黎民百姓，不問行的住的，遠的近的，聞得哭聲悲切，都來物色。知是朝中大臣來祭鍾子期。迴繞墳前，爭先觀看。◎6伯牙卻不曾擺得祭禮，無以為情。命童子把瑤琴取出囊來，放於祭石臺上。盤膝坐於墳前，揮淚兩行，撫琴一操。那些看者聞琴韻鏗鏘，鼓掌大笑而散。伯牙問老伯：「下官撫琴弔令郎賢弟，悲不能已，眾人為何而笑？」鍾公道：「吾鄉野之人，不知音律，聞琴聲以為取樂之具，故此長笑。」伯牙道：「原來如此。老伯可知所奏何曲？」鍾公道：「老夫幼年也頗習，如今年邁，五官半廢，模糊不懂久矣。」伯牙道：「這就是下官隨心應手，一曲短歌，以弔令郎者。口誦於老伯聽之。」鍾公道：「老夫願聞。」伯牙誦云：

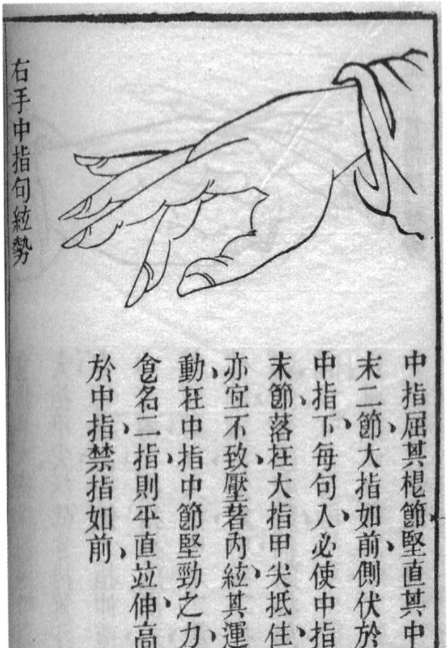
右手中指句絃勢
中指屈其根節竪直其中
末二節大指如前側伏於
中指下每句入必使中指
末節落在大指甲尖抵住
亦宜不致壓著內絃其運
動在中指中節竪勁之力
食名二指則平直竝伸高
於中指禁指如前

彈琴中的勾指法，圖片出自於清代張鶴撰寫的《琴學入門》一書。

憶昔去年春，江邊曾會君。今日重來訪，不見知音人。但見一坏土※49，慘然傷我心。傷心傷心復傷心，不忍淚珠紛。來歡去何苦？江畔起愁雲。子期子期兮你我千金義，歷盡天涯無足語，此曲終兮不復彈，三尺瑤琴爲君死。

伯牙於衣裌間取出解手刀※50，割斷琴絃，雙手舉琴，向祭石臺上，用力一摔，摔得玉軫拋殘，金徽零亂。鍾公大驚問道：「先生為何摔碎此琴？」伯牙道：

摔碎瑤琴鳳尾寒，子期不在對誰彈？
春風滿面皆朋友，欲覓知音難上難！

鍾公道：「原來如此，可憐可憐！」伯牙道：「老伯高居，端的在上集賢村，還是下集賢村？」鍾公道：「荒居在上集賢村第八家就是。先生如今又問他

註

※48一陌：一串約一百張的紙錢。
※49坏土：墳墓。坏，讀作「陪」。依據《中華民國教育部重編國語辭典修訂本》解釋。
※50解手刀：隨身攜帶的小匕首、小佩刀。

眉批

◎6：來看的主意就俗了。（無礙居士）

怎的？」伯牙道：「下官傷感在心，不敢隨老伯登堂了。隨身帶得有黃金十鎰，一半代令郎甘旨之奉，那一半買幾畝祭田，為令郎春秋掃墓之費。待下官回本朝時，上表告歸林下※52，那時卻到上集賢村迎接老伯與老伯母，同到寒家，以盡天年。吾即子期，子期即吾也。老伯勿以下官為外人相嫌。」說罷，命小童取出黃金，親手遞與鍾公，哭拜於地。鍾公感泣答拜，盤桓半晌而別。這回書，題作《俞伯牙摔琴謝知音》。後人有詩贊云：

勢利交懷勢利心，斯文誰復念知音？
伯牙不作鍾期逝，千古令人說破琴。

註

※51林下：田野。

伯牙將琴摔碎後，命小童取出黃金，親手遞與鍾公。（古版畫，選自《今古奇觀》明末吳郡寶翰樓刊本。）

第二十卷　莊子休鼓盆成大道

富貴五更春夢，功名一片浮雲。
眼前骨肉亦非眞。恩愛翻成仇恨。
莫把金枷套頸，休將玉鎖纏身。
清心寡慾脫凡塵。快樂風光本分。

這首〈西江月〉詞，是個勸世之言，要人割斷迷情，逍遙自在。且如父子天性，兄弟手足，這是一木連枝，割不斷的。儒、釋、道三教雖殊，總抹不得「孝弟」二字。至於生子生孫，就是下一輩事，十分周全不得了。常言道得好：

兒孫自有兒孫福，莫與兒孫作馬牛。

父子天倫之樂是割不斷的，圖為描繪乾隆皇帝與眾多皇子新年在宮苑賞雪的情景。清郎世寧等《弘曆雪景行樂圖》（局部）。

若論到夫婦，雖說是紅線纏腰※1、赤繩繫足※2，到底是剜肉粘膚，可離可合。常言又說得好：

夫妻本是同林鳥，巴到※3天明各自飛。

近世人情惡薄，父子兄弟倒也平常，兒孫雖是疼痛，總比不得夫婦之情。他溺的是閨中之愛，聽的是枕上之言。多少人被婦人迷惑，做出不孝不弟的事來。這斷不是高明之輩。如今說這莊生鼓盆的故事，不是唆人夫妻不睦，只要人辨出賢愚，參破真假，從第一著迷處，把這念頭放淡下來。漸漸六根※4清淨，道念滋生，自有受用。昔人看田夫插秧，詠詩四句，大有見解。詩曰：

手把青秧插野田，低頭便見水中天。
六根清淨方爲稻，退步原來是向前※5。

話說周末時有一高賢，姓莊名周，字子休，宋國蒙邑人也。曾仕周為漆園吏，師事一個大聖人，是道教之祖，姓李名耳，字伯

老子是道教之組，相傳是春秋時期的人物，圖為元代繪製的孔子問道於老子圖。

陽。伯陽生而白髮，人都呼為老子。莊生嘗晝寢，夢為蝴蝶，栩栩然於園林花草之間，其意甚適。醒來時尚覺臂膊如兩翅飛動，心甚異之。以後不時有此夢。莊生一日在老子座間講《易》※6之暇，將此夢訴之於師。他是個大聖人，曉得三生來歷，向莊生指出夙世因由。那莊生原是混沌※7初分時一個白蝴蝶。◎1天一生水，二生木。木榮花茂，那白蝴蝶採百花之精，奪日月之秀，得了氣候，長生不死，翅如車輪。後遊於瑤池，偷採蟠桃花蕊，被王母娘娘位下守花的青鸞啄死。其神不散，托生於世，做了莊周。因他根器不凡，道心堅固，師事老子，學清淨無為之教。今

註

※1紅線纏腰：比喻姻緣是上天註定的緣分。典故出自五代王仁裕《開元天寶遺事》，唐玄宗時有個叫郭元振的人，被招攬到宰相家中做乘龍快婿。宰相有五個女兒，讓她們各拿一條紅線，任由郭元振牽絲選擇，最後娶第三女爲妻。

※2赤繩繫足：這是傳說中月老牽紅線的故事，每個人在出生時，姻緣就已經註定好了，月老會在他們腳上繫上紅繩，緣份天定無法更改。

※3巴到：等到。

※4六根：佛教語。指眼、耳、鼻、舌、身、意。

※5六根清淨二句：六根清淨，即「守護諸根門」，就是守護眼、耳、鼻、舌、身、意，讓眼、耳等不受所感知到的景象、聲音等所迷惑而生邪見、無明，時時刻刻保持正念。稻，是「道」的諧音。用「稻」字與下句「退步原來是向前」相呼應，插秧時須步步後退，以此比喻做人以退爲進的哲理。

※6《易》：本爲卜筮之書，後經孔子做《傳》蘊含儒家哲理。

※7混沌：傳說中天地尚未形成時，處於元氣混合一體的狀態。

眉批

◎1：荒唐附會。（無礙居士）

日被老子點破了前生，如夢初醒，自覺兩腋風生，有栩栩然蝴蝶之意。把世情榮枯得喪，看做行雲流水，一絲不掛。老子知他心下了悟，把《道德》※8五千字的秘訣，傾囊而授。莊生嘿嘿※9誦習修煉，遂能分身隱形，出神變化。◎2從此棄了漆園吏的前程，辭別老子，周遊訪道。他雖宗清淨之教，原不絕夫婦之倫。一連娶過三遍妻房：第一妻，得疾夭亡。第二妻，有過被出。如今說的是第三妻，姓田，乃田齊族中之女。莊生遊於齊國，田宗重其人品，以女妻之。那田氏比先前二妻，更有姿色，肌膚若冰雪，綽約似神仙。莊生不是好色之徒，卻也十分相敬，真個如魚似水。楚威王聞莊生之賢，遣使持黃金百鎰，文錦千端，安車駟馬，聘為上相。莊生歎道：「犧牛※10身被文繡，口食芻菽※11，見耕牛力作辛苦，自誇其榮。及其迎入太廟，刀俎在前，欲為耕牛而不可得也。」遂卻之不受，挈妻歸宋，隱於曹州之南華山。一日，莊生出遊山下，見荒冢累累，歎道：「『老少俱無辨，賢愚同所

◆莊生見一新墳，封土未乾，一年少婦人，渾身縞素，坐於此冢之傍，手運齊紈素扇，向冢連搧不已。（古版畫，選自《今古奇觀》明末吳郡寶翰樓刊本。）

歸。』人歸冢中，冢中豈能復為人乎？」嗟咨※12了一回，再行幾步。忽見一新墳，封土未乾，一年少婦人，渾身縞素，坐於此冢之傍，手運齊紈素扇，向冢連搧不已。◎3莊生怪而問之：「娘子，冢中所葬何人？為何舉扇搧土？必有其故。」那婦人並不起身，運扇如故。口中鶯啼燕語，說出幾句不通道理的話來。正是：

聽時笑破千人口，說出加添一段羞。

那婦人道：「冢中乃妾之拙夫，不幸身亡，埋骨於此。生時與妾相愛，死不能捨。遺言教妾如要改適他人，直待葬事畢後，墳土乾了，方纔可嫁。妾思新築之土，如何得就乾？因此舉扇搧之。」莊生含笑想道：「這婦人好性急！虧他還說生前相愛；若不相愛的，還要怎麼？」乃問道：「娘子要這新土乾燥極易。因娘子手

註

※8《道德》：即老子所著《道德經》五千言，又稱《老子》。因分上經爲〈道經〉，下經爲〈德經〉故名。〈道經〉講述道實現天地萬物之哲理，著重形而上學的部份；〈德經〉講述「道」如何運用在政治人生修養上，著重實踐的部份。

※9嘿嘿：誦讀。

※10犧牛：古代祭祀時用的純色牛。依據《漢語大辭典》的解釋。

※11芻菽：即芻豆，餵牛馬的草料。

※12嗟咨：感嘆。參考李平校注，《今古奇觀》，三民書局出版。

眉批

◎2：分身隱形，出神變化，都在《道德經》中，人自參不透耳。（無礙居士）

◎3：大奇。（無礙居士）

腕嬌軟，舉扇無力。不才願替娘子代一臂之勞。」◎4那婦人方纔起身，深深道個萬福：「多謝官人！」雙手將素白紈扇遞與莊生。莊生行起道法，舉手照塚頂連搧數扇，水氣都盡，其土頓乾。婦人笑容可掬，謝道：「有勞官人用力。」

將纖手向鬢傍拔下一股銀釵，連那紈扇送莊生，權為相謝。莊生卻其銀釵，受其紈扇。婦人欣然而去。莊子心下不平，回到家中，坐於草堂，看了紈扇，口中歎出四句：

不是冤家不聚頭，冤家相聚幾時休？
早知死後無情義，索把生前恩愛勾。

田氏在背後，聞得莊生嗟歎之語，上前相問。那莊生是個有道之士，夫妻之間，亦稱為「先生」。道：「先生有何事嗟歎？此扇從何而得？」莊生將婦人搧塚，要土乾改嫁之言述了一遍，「此扇即搧土之物。因我助力，以此相贈。」田氏聽罷，忽發忿然之色，向空中把那婦人「千不賢，萬不賢」罵了一頓，對莊生道：

選自明代陸治《幽居樂事圖》冊中的「莊周夢蝶」。

「如此薄情之婦，世間少有！」莊生又道出四句：

生前個個說恩愛，死後人人欲搧墳。◎5
畫龍畫虎難畫骨，知人知面不知心。

田氏聞言大怒。自古道：「怨廢親，怒廢禮。」那田氏怒中之言，不顧體面※13，向莊生面上一啐，說道：「人類雖同，賢愚不等。你何得輕出此語，將天下婦道家看做一例？卻不道『歉人帶累好人』，你卻也不怕罪過！」莊生道：「莫要彈空說嘴。假如不幸我莊周死後，你這般如花似玉的姿容，難道挨得過三年五載？」田氏道：「『忠臣不事二君，烈女不更二夫。』那見好人家婦女喫兩家茶※14，睡兩家牀？若不幸輪到我身上，這樣沒廉恥的事，莫說三年五載，就是一世也成不得。夢兒裡也還有三分的志氣。」◎6莊生道：「難說，難說！」田氏口出詈※15語道：「有志婦人勝如男子。似你這般沒仁沒義的，死了一個，又討一個；出了一個，又

註

※13體面：此指夫妻之間應對進退的禮節。
※14喫兩家茶：指嫁兩任丈夫。喫，同「吃」。兩家茶，接受兩家男方的聘禮。古代多用茶為娶媳婦的聘禮。
※15詈：讀作「立」，罵。

眉批

◎4：莊生遊戲。（無礙居士）
◎5：已甚之言。（無礙居士）
◎6：能說嘴的定有可疑。（無礙居士）

納一個。只道別人也是一般見識。我們婦道家一鞍一馬，倒是站得腳頭定的，怎麼肯把話與他人說，惹後世恥笑？你如今又不死，直恁※16枉殺了人！」◎7就莊生手中，奪過紈扇，扯得粉碎。莊生道：「不必發怒，只願得如此爭氣甚好。」自此無話。

過了幾日，莊生忽然得病，日加沉重。田氏在牀頭哭哭啼啼。莊生道：「我病勢如此，永別只在早晚。可惜前日紈扇扯碎了，留得在此，好把與你搧墳！」田氏道：「先生休要多心！妾讀書知禮，從一而終，誓無二志。先生若不見信，妾願死於先生之前，以明心跡。」莊生道：「足見娘子高志。我莊某死亦瞑目。」說罷，氣就絕了。田氏撫屍大哭。少不得央及東鄰西舍，製備衣衾棺槨殯殮。田氏穿了一身素縞，真個朝朝憂悶，夜夜悲啼。每想著莊生生前恩愛，如癡似醉，寢食俱廢。山前山後莊戶也有曉得莊生是個逃名的隱士，來弔孝的，到底不比城市熱鬧。到了第七日，忽有一少年秀士，生得面如傅粉，唇若涂朱，俊俏無雙，風流第一。穿扮的紫衣玄冠，繡帶朱履，帶著一個老蒼頭※17，自稱楚國王孫，向年曾與莊子休先生有約，欲拜在門

✦莊子像，元代華祖立《玄門十子圖》。

下，今日特來相訪。見莊生已死，口稱：「可惜！」慌忙脫下色衣※18，叫蒼頭於行囊內取出素服穿了，向靈前四拜，道：「莊先生，弟子無緣，不得面會侍教，願為先生執百日之喪，以盡私淑之情※19。」說罷，又拜了四拜，灑淚而起，便請田氏相見。田氏初次推辭。王孫道：「古禮，通家※20朋友，妻妾都不相避，何況小子與莊先生有師弟※21之約。」田氏只得步出孝堂，與楚王孫相見，敘了寒溫。田氏一見楚王孫人才標致，就動了憐愛之心，只恨無由廝近。楚王孫道：「先生雖死，弟子難忘思慕，欲借尊居暫住百日，一來守先師之喪，二者先師留下有什麼著述，小子告借一觀，以領遺訓。」田氏道：「通家之誼，久住何妨。」當下治飯相款。飯罷，田氏將莊子所著《南華真經》及老子《道德》五千言，和盤托出，獻與王孫。王孫慇懃※22感謝。草堂中間占了靈位。楚王孫在左邊廂安頓。田氏每日假以哭靈為由，就左邊廂與王孫攀話。日漸情熟，眉來眼去，情不能已。楚王孫只有五分，那田氏

註

※16直恁：竟然如此、竟然這樣。
※17老蒼頭：以青色頭巾做頭飾的年老僕人。
※18色衣：指與喪服相對的有顏色的便服而言。
※19私淑之情：心中景仰老師的才學，而沒有親自得到傳授。
※20通家：世交，世代有交情往來的家庭。
※21師弟：即師生、師徒。
※22慇懃：情意懇切、周到。依據《中華民國教育部重編國語辭典修訂本》解釋。

眉批

◎7：只這一句，挑動莊生機括。（無礙居士）

倒有十分。所喜者深山隱僻，就做差了些事，沒人傳說；所恨者新喪未久，況且女求於男，難以啟齒。

又挨了幾日，約莫有半月了。那婆娘心猿意馬，按捺不住，悄地喚老蒼頭進房，賞以美酒，將好言撫慰。從容問：「你家主人曾婚配否？」老蒼頭道：「未曾婚配。」婆娘又問道：「你家主人要揀什麼樣人物，纔肯婚配？」老蒼頭帶醉道：「我家王孫曾有言，若得像娘子一般手韻的，他就心滿意足。」婆娘道：「果有此話？莫非你說謊？」老蒼頭道：「老漢一把年紀，怎麼說謊？」婆娘道：「我央你老人家為媒說合，若不棄嫌，奴家情願服事你主人。」老蒼頭道：「我家主人也曾與老漢說來，道一段好姻緣，只礙『師弟』二字，恐惹人議論。」婆娘道：「你主人與先夫，原是生前空約，沒有北面※23聽教的事，算不得師弟。又且山僻荒居，鄰舍罕有，誰人議論？你老人家是必委曲成就，教你喫杯喜酒。」老蒼頭應允。臨去時，婆娘又喚轉來囑咐道：「若是說得允時，不論早晚，便來房中回復奴家一聲。奴家在此專等。」

老蒼頭去後，婆娘懸懸而望，孝堂邊張了數十遍，恨不能

莊子和惠施關於魚是否快樂的辯論也十分有名，圖為元代畫家周東卿描繪的《漁樂圖》，題有「非魚豈知樂」字。

一條細繩縛了那俊俏後生俊腳，扯將入來，摟做一處。◎8將及黃昏，那婆娘等得個不耐煩，黑暗裡走入孝堂，聽左邊廂聲息。忽然靈座上作響。婆娘嚇了一跳，只道亡靈出現，急急走轉內室，取燈火來照，原來是老蒼頭喫醉了，直挺挺的臥於靈座桌上。婆娘又不敢嗔責他，又不敢聲喚他，只得回房挨更挨點，又過了一夜。次日，見老蒼頭行來步去，並不來回覆那話兒，婆娘心下發癢，再喚他進房，問其前事。老蒼頭道：「不成，不成！」婆娘道：「為何不成？莫非不曾將昨夜這些話剖說明白？」老蒼頭道：「老漢都說了，我家王孫也說得有理。他道娘子容貌，自不必言。未拜師徒，亦可不論。但有三件事未妥，不好回覆得娘子。」婆娘道：「那三件事？」老蒼頭道：「我家王孫道：『堂中見擺著個凶器※24，我卻與娘子行吉禮，心中何忍？且不雅相。二來莊先生與娘子是恩愛夫妻，況且他是個有道德的名賢，我的才學萬分不及，恐被娘子輕薄。三來我家行李尚在後邊未到，空手來此。聘禮、筵席之費，一無所措。』為此三件，所以不成。」婆娘道：「這三件都不必慮。兇器不是生根的，屋後還有一間破空房，喚幾個莊客※25，抬他出去就是。

註

※23北面：弟子行敬師之禮。舊日老師的座位是坐北朝南，學生北面受教，以示尊敬。
※24凶器：即尚未下葬的棺木。
※25莊客：莊園主人或鄉下大户人家所雇用的雜役。

眉批

◎8：描寫此婦一腔慾火，可謂化工。（無礙居士）

這是一件了。第二件，我先夫那裡就是個有道德的名賢！當初不能正家，致有出妻之事，人稱其薄德。楚威王慕其虛名，以厚禮聘他為相。他自知才力不勝，逃走在此。前月獨行山下，遇一寡婦將扇搧墳，待墳土乾燥，方纔嫁人。拙夫就與他調戲，奪他紈扇，替他搧土，將那把紈扇帶回，是我扯碎了。臨死時幾日，還為他淘[※26]了一場氣，有什麼恩愛？你家主人青年好學，進不可量。況他乃是王孫之貴，奴家亦是田宗之女，門第相當。今日到此，姻緣天合。第三件，聘禮、筵席之費，奴家做主，誰人要得聘禮？筵席也是小事。奴家更積得私房白金二十兩，贈與你主人做一套新衣服。你再去道達。若成就時，今夜是合婚吉日，便要成親。」老蒼頭收了二十兩銀子，回覆楚王孫。楚王孫只得願從。老蒼頭回覆了婆娘。那婆娘當時歡天喜地，把孝服除下，重勻粉面，再點朱唇，穿了一套新鮮色衣。叫蒼頭僱喚近山莊客，扛抬莊生屍柩，停於後面破屋之內。打掃草堂，準備做合婚筵席。有詩為證：

俊俏孤孀別樣嬌，王孫有意更相挑。
「一鞍一馬」誰人語？今夜思將快婿招。

香港電影《莊子試妻》是一部1913年出品的無聲黑白電影，劇情大抵同於本卷內容，莊子以詐死來考驗妻子是否忠貞。

是夜，那婆娘收拾香房，草堂內擺得燈燭輝煌。楚王孫簪纓袍服，田氏錦襖繡裙，雙雙立於花燭之下。一對男女，如玉琢金裝，美不可說。交拜已畢，千恩萬愛的攜手入於洞房。喫了合巹杯，正欲上牀解衣就寢。忽然楚王孫眉頭雙縐，寸步難移，登時倒於地下，雙手磨胸。只叫心疼難忍。田氏心愛王孫，顧不得新婚廉恥，近前抱住，替他撫摩，問其所以。王孫痛極不語，口吐涎沫，奄奄欲絕。老蒼頭慌做一堆。田氏道：「王孫平日曾有此症候否？」老蒼頭代言：「此症平日常有，或一二年發一次，無藥可治。只有一物，用之立效。」田氏急問：「所用何物？」老蒼頭道：「太醫傳一奇方，必得生人腦髓，熱酒吞之，其痛立止。平日此病舉發，老殿下奏過楚王，撥一名死囚來縛而殺之，取其腦髓。今山中如何可得？其命合休矣！」田氏道：「生人腦髓，必不可致。第[※27]不知死人的可用得麼？」老蒼頭道：「太醫說，凡死未滿四十九日者，其腦尚未乾枯，亦可取用。」田氏道：「吾夫死方二十餘日，何不斲棺而取之？」老蒼頭道：「只怕娘子不肯。」田氏道：「我與王孫成其夫婦，婦人以身事夫，自身尚且不惜，何有於將朽之骨乎？」即命老蒼頭

註

※26 淘：耗損。

※27 第：但、儘管。

伏侍王孫，自己尋了砍柴板斧，右手提斧，左手攜燈，往後邊破屋中，將燈檠放於棺蓋之上，紮起兩袖，雙手舉斧，覷定棺頭，咬牙努力，一斧劈去。婦人家氣力單微，如何劈得棺開？有個緣故：那莊周是達生之人，分付不得厚斂。桐棺三寸，一斧就劈去了一塊木頭。一連數斧，棺蓋便裂開了。婆娘正在吁氣喘息，只見莊生從棺內歎口氣，推開棺蓋，挺身坐起。田氏雖然心狠，終是女流，嚇得腿軟筋麻，心頭亂跳，斧頭不覺墜地。莊生叫：「娘子扶起我來。」那婆娘不得已，只得扶莊生出棺。莊生攜燈，婆娘隨後，同進房來。婆娘心知房中有楚王孫主僕二人，捏兩把汗。行一步，反退兩步。比及到房中看時，鋪設依然燦爛，那主僕二人，闃然※28不見。婆娘心下雖然暗暗驚疑，卻也放下了膽，巧言抵飾，向莊生道：「奴家自你死後，日夕思念。方纔聽得棺中有聲響，想古人中多有還魂之事，望你復活，所以用斧開棺。謝天謝地，果然重生！實乃奴家之萬幸也！」莊生道：「多謝娘子厚意。只是一件：娘子守孝未久，為何錦襖繡裙？」婆娘又解釋

◆日本畫家柴田是真所畫的莊子夢蝶圖，繪於1888年。

道：「開棺見喜，不敢將凶服衝動，權用錦繡，以取吉兆。」莊生道：「罷了！還有一節：棺木何不放在正寢，卻撇在破屋之內，難道也是吉兆？」婆娘無言可答。莊生又見杯盤羅列，也不問其故，叫煖酒來飲。莊生放開大量，滿飲數觥※29。那婆娘不識時務，指望煨熱※30老公，重做夫妻。緊挨著酒壺，撒嬌撒癡，甜言美語，要哄莊生上牀同寢。莊生把酒飲個大醉，索紙筆寫出四句：

從前了卻冤家債，你愛之時我不愛。
若重與你做夫妻，怕你巨斧劈開天靈蓋。

那婆娘看了這四句詩，羞慚滿面，頓口無言。莊生又寫出四句：

夫妻百夜有何恩？見了新人忘舊人。
甫得蓋棺遭斧劈，如何等待搧乾墳！

註

※28闃然：悄然。闃，讀作「去」。
※29觥：讀作「工」，用兕（讀作「四」）牛角做成的酒器。
※30煨熱：以溫存親暱的舉止，挑起對方情欲。

莊生又道：「我則教你看兩個人。」莊生用手將外面一指，婆娘回頭而看，只見楚王孫和老蒼頭踱將進來。婆娘喫了一驚！轉身不見了莊生；再回頭時，連楚王孫主僕都不見了。那裡有什麼楚王孫、老蒼頭？此皆莊生分身隱形之法也。那婆娘精神恍惚，自覺無顏，解腰間繡帶，懸樑自縊，嗚呼哀哉！這倒是真死了。莊生見田氏已死，解將下來，就將劈破棺木盛放了他。把瓦盆為樂器，鼓之成韻，倚棺而作歌。歌曰：

大塊無心兮，生我與伊。我非伊夫兮，伊豈我妻？偶然邂逅兮，一室同居。大限既終兮，有合有離。人之無良兮，生死情移。眞情既見兮，不死何爲！伊生兮揀擇去取，伊死兮還返空虛。伊弔我兮，贈我以巨斧，我弔伊兮，慰伊以歌詞。斧聲起兮我復活，歌聲發兮伊可知？噫嘻！敲碎瓦盆不再鼓，伊是何人我是誰？

莊生歌罷，又吟詩四句：

莊生把瓦盆為樂器，鼓之成韻，倚棺而作歌。（古版畫，選自《今古奇觀》明末吳郡寶翰樓刊本。）

你死我必埋，我死你必嫁。
我若眞個死，一場大笑話！

莊生大笑一聲，將瓦盆打碎；取火從草堂放起，屋宇俱焚，連棺木化為灰燼。只有《道德經》、《南華經》不毀。山中有人撿取，傳流至今。莊生遨遊四方，終生不娶。或云遇老子於函谷關，相隨而去，已得大道成仙矣。

詩云：

殺妻吳起太無知※31，荀令傷神亦可嗤※32。
請看莊生鼓盆事，逍遙無礙是吾師。

註

※31 殺妻吳起：吳起爲戰國時期名將，爲了獲取魯穆公信任而殺了自己的妻子。
※32 荀令傷神：指荀彧之子荀粲，在妻子過世後過於悲傷而死。

第二十一卷　老門生三世報恩

買隻牛兒學種田，結間茅屋向林泉。
也知老去無多日，且向山中過幾年。
爲利爲官終幻客，能詩能酒總神仙。
世間萬物俱增價，老去文章不值錢。

這八句詩，乃是達者之言。末句說：「老去文章不值錢」，這一句，還有個評論。大抵功名遲速，莫逃乎命，也有早成，也有晚達。早成者未必有成，晚達者未必不達。不可以年少而自恃，不可以年老而自棄。這「老少」二字，也在年數上論不得的。假如甘羅※1十二歲為丞相，十三歲上就死了，這十二歲之年，就是他髮白齒落、背曲腰彎的時候了。後頭日子已短，叫不得少年。又如姜太公八十歲還在渭水釣魚，遇了周文王以後車載之，拜為師尚父；文王

姜太公，清宮殿藏畫本。

薨※2，武王立，他又秉鉞※3為軍師，佐武王代商，定了周家八百年基業，封於齊國，又教其子丁公治齊，自己留相周朝，直活到一百二十歲方死。你說八十歲一個老漁翁，誰知日後還有許多事業，日子正長哩！這等看將起來，那八十歲上，還是他初束髮、剛頂冠做新郎、應童子試的時候，叫不得老年。世人只知眼前貴賤，那知去後的日長日短？見個少年富貴的，奉承不暇；多了幾年年紀，蹉跎不遇，就怠慢他：這是短見薄識之輩。譬如農家，也有早穀，也有晚稻，正不知那一種收成得好。不見古人云：

東園桃李花，早發還先萎。
遲遲澗畔松，鬱鬱含晚翠。

註

※1甘羅：戰國末期下蔡（今屬潁上縣甘羅鄉）人。傳說甘羅十二歲時拜相，但司馬遷《史記》僅載甘羅拜上卿，並不是擔任宰相。甘羅原是呂不韋的門客，秦國要讓張唐去燕國當宰相，但張唐曾攻打過趙國，途經趙國時怕被害，所以不願前去。呂不韋勸說未果，甘羅自告奮勇前去勸說終於成功。後又勸說趙國割讓五座城池，讓秦國送還人質太子丹，並和趙國聯手攻打燕國，趙王同意，最後攻下燕國三十城，秦國得到燕國的十一座城池和趙國的五座城池，因爲這件事甘羅被封爲上卿。

※2薨：讀作「轟」。古代諸侯或大官逝世稱爲「薨」。

※3秉鉞：掌握兵權。鉞，讀作「月」。形似斧頭，比斧頭大，古代一種兵器。

閒話休提。卻說國朝正統年間，廣西桂林府興安縣有一秀才，複姓鮮于，名同，字大通。八歲時曾舉神童※4，十一歲遊庠※5，超增補廩※6。論他的才學，便是董仲舒、司馬相如，也不看在眼裡，真個是胸藏萬卷、筆掃千軍。論他的志氣，便像馮京※7、商輅※8，連中三元，也只算他便袋裡東西，真個是足躡風雲，氣沖牛斗。何期才高而數奇，志大而命薄：年年科舉，歲歲觀場，不能得朱衣點額※9、黃榜標名。到三十歲上，循資該出貢※10了。他是個有才有志的人，貢途的前程是不屑就的。思量窮秀才家，全虧學中年規這幾兩廩銀，做個讀書本錢：若出了學門，少了這項來路，又去坐監，反費盤纏。況且本省比監裡又好中，算計不通。偶然在朋友前露了此意，那下首該貢的秀才，就來打話，要他讓貢，情願將幾十金酬謝。鮮于同又得了這個利息，自以為得計。第一遍是個情，第二遍是個例。人人要貢，個個爭先。鮮于同自三十歲上讓貢起，一連讓了八遍，到四十六歲，兀自沉埋於泮水※11之中，馳逐於青衿※12之隊。也有人笑他的，也有人憐他的，又有人勸他的。那笑他的，他也不睬；憐他的他也不受；只有那勸他的，他就勃然發怒起來道：「你勸我就貢，止無

當世公像
公諱京宋開封府知府歷官樞密院謚文簡
中流柱石 王國之楨 持正不阿 惟國惟民
鳳翔龍躍 出武入文 休哉盛德 奕世永欽

◆馮京像。

過道俺年長，不能個科第了；卻不知龍頭屬於老成，梁灝※13八十二歲中了狀元，也替天下有骨氣肯讀書的男子爭氣。俺若情願小就時，三十歲上就了，肯用力鑽刺，

註

※4舉神童：一種為特別聰穎孩童所舉辦的考試，又稱「童子科」。由官員或皇帝主持考試，通過者可授予官職或讀書進學的機會。每個朝代的規定都有所不同，例如：唐以後科舉設童子科。唐制十歲以下能通經者、宋制十五歲以下能通經作詩賦者，都可以應試。

※5遊庠：古代對考中秀才的稱呼。庠，讀作「翔」，學校。

※6超增補廩：明清兩代科舉制度，將秀才分為三個級別，分別為：附學、增廣和廩膳。生員經歲、科兩試成績優秀者可依次升，廩膳，稱為「補廩」。從附學直接越過增廣直接補廩膳生員，稱為超增。

※7馮京：生於西元一〇二一年，卒於一〇九四年。字當世，宋代咸寧人，生於廣西梧州。在鄂州鄉試中舉人第一名，汴京會試中貢士第一名，殿試中進士第一名，即連中三元，人稱為馮三元。

※8商輅：生於西元一四一四年，卒於一四八六年。字弘載，號素庵，謚文毅，浙江淳安人。也是連中三元，即鄉試、會試、殿試都為第一名。

※9朱衣點額：比喻科舉考試受到考官的青睞，金榜題名。相傳宋代歐陽修主持貢院科舉考試，每次批閱試卷，都覺得身後有穿著朱衣的神祇點頭示意，凡點頭認可的，都是被選中的文章。典故出自明代陳耀文《天中記．卷三十八》。

※10出貢：古代科舉制度，凡屢試不中的貢生，可按年資按次序到京城，由吏部選出授任輔佐官吏的雜職。

※11泮水：即「入泮」，俗稱考中秀才。古代學宮內有泮池（半月形的水池），故稱學宮為「泮宮」，童生入縣學為生員，即稱「入泮」。此指在學的秀才。

※12青衿：古代士人所穿的青領衣服，後借指讀書人。

※13梁灝：生於西元九六三年，卒於一〇〇四年。字太素，宋朝鄆州須城（今山東東平）人。太宗雍熙二年（西元九八五年）狀元，訛傳他八十二歲中狀元，不足採信。

少不得做個府佐縣正※14，昧著心田做去，儘可榮身肥家。只是如今是個科目的世界，假如孔夫子不得科第，誰說他胸中才學？若是三家村※15一個小孩子，粗粗裡記得幾篇爛舊時文※16，遇了個盲試官，亂圈亂點，睡夢裡偷得個進士到手，一般有人拜門生稱老師，談天說地，誰敢出個題目，將戴紗帽的再考他一考麼？不止於此，做官裡頭，還有多少不平處，進士官就是個銅打鐵鑄的，撒漫※17做去，沒人敢說他不是科貢官。兢兢業業捧了卵子過橋，上司還要尋趁他。比及按院覆命，參論的但是進士官，憑你敘得極貪極酷，公道看來拿問也還透頭。說到結末，生怕斷絕了貪酷種子。道此一臣者，官箴※18雖玷，但或念初任，或念年青，尚可望其自新，策其末路，姑照浮躁，或不及例降調，不勾幾年工夫，依舊做起。倘拚得些銀子央要道挽回，不過對調個地方，全然沒事。科貢的官，一分不是，就當做十分晦氣。遇著別人有勢有力，沒處下手，隨你清廉賢宰，少不得借重他替進士頂缸※19。有這許多不平處，所以不中進士再做不得官。俺寧可老儒終身，死去到閻王面前高聲叫屈，還博個來世出

《明狀元圖考》商輅插圖，商輅在學舍休憩住宿時，夢見一人提著三顆頭交與給他。商輅夢醒後，便把夢境中的情節告訴老師，老師說：「這是個好夢啊！」後來商輅果真三元及第。

頭。豈可屈身小就，終日受人懊惱，喫順氣丸度日！」遂吟詩一首，詩曰：

從來資格困朝紳，只重科名不重人。
楚士鳳歌誠恐殆※20，葉公龍好豈求眞※21？
若還黃榜終無分，寧可青衿老此身。

註

※14府佐縣正：協助知府處理公務的官員。縣正，縣令、知府。

※15三家村：窮鄉僻壤的小村落。

※16時文：八股文。

※17撒漫：放手無所顧忌。

※18官箴：官吏需要遵守的戒律。

※19頂缸：代替別人承受過錯。

※20楚士鳳歌誠恐殆：典故出自《論語．微子》：「楚狂接輿歌而過孔子曰：『鳳兮！鳳兮！何德之衰？往者不可諫，來者猶可追。已而，已而！今之從政者殆而！』」楚國的狂生接輿唱著歌經過孔子的身邊：「鳳啊！鳳啊！你的德行怎麼衰敗至此？過去的無法勸諫，後面的還來得及改變。罷了！罷了！如今從政者的處境都十分危險。」諷刺從政者在亂世不能避世，反而選擇危險的仕途之路。

※21葉公龍好豈求眞：即葉公好龍。漢劉向《新序．雜事五》：「葉公子高好龍，鉤以寫龍，鑿以寫龍，屋室雕文以寫龍。於是天龍聞而下之，窺頭於牖，施尾於堂。葉公見之，棄而還走，失其魂魄，五色無主。是葉公非好龍也，好夫似龍而非龍者也。」古人葉子高喜歡龍，家裡的裝飾品都模仿龍形製成。天上的眞龍聽說了，到葉公家的窗口探頭窺視，尾巴垂在大廳。葉公看到了眞龍，嚇得六神無主。葉公喜歡的是假龍而非眞龍。此處比喻主考官所器重的，並非是有眞才實學之人，表面一套，實際上又是另一套。

鐵硯磨穿豪傑事，春秋晚遇說平津。

漢時有個平津侯，複姓公孫，名弘。五十歲讀《春秋》，六十歲對策第一，做到丞相封侯。鮮于同後來六十一歲登第，人以為讖，此是後話。卻說鮮于同自吟了這八句詩，其志愈銳。怎奈時運不利，看看五十齊頭，蘇秦還是舊蘇秦，不能夠改換頭面，再過幾年，連小考都不利了。每到科學年分，第一個攔場告考的就是他，討了多少人的厭賤。到天順六年，鮮于同五十七歲，鬢髮都蒼然了，兀自擠在後生家隊裡，談文講藝，娓娓不倦。那些後生見了他，或以為怪物，望而避之；或以為笑具，就而戲之。這都不在話下。卻說興安縣知縣姓蒯，名遇時，表字順之，浙江台州府仙居縣人氏。少年科甲聲價甚高，喜的是談文講藝，商古論今。只是有件毛病：愛少賤老，不肯一視同仁。見了後生英俊，加意獎借；若是年長老成的，視為朽物，口呼「先輩」※22，甚有戲侮之意。

只見一人應聲而出，從人叢中擠將上來。你道這人如何？（古版畫，選自《今古奇觀》明末吳郡寶翰樓刊本。）

其年鄉試屆期，宗師行文，命縣裡錄科※23。蒯知縣將合縣生員考試彌封閱卷，自恃眼力，從公品第，黑暗裡拔了一個第一，心中十分得意。向眾秀才面前誇獎道：「本縣拔得個首卷，其文大有吳越中氣脈※24，必然連捷。通縣秀才皆莫能及。」眾人拱手聽命，卻似漢王築壇拜將※25，正不知拜那一個有名的豪傑？比及拆號唱名，只見一人應聲而出，從人叢中擠將上來。你道這人如何？

矮又矮，胖又胖，鬚鬢黑白各一半。破儒巾，欠時樣，藍衫補孔重重綻。你也瞧，我也看，若還冠帶像胡判※26。不枉誇，不枉贊，先輩今朝說嘴慣。休羨他，莫自歎，少不得大家做老漢。不須營，不須幹，序齒輪流做領案※27。

那案首，不是別人，正是那五十七歲的怪物、笑具，名叫鮮于同。合堂秀才哄

註

※22先輩：唐代對同時考中進士的人相互的尊稱。此處有譏諷之意，對一直無法進身仕途之人的嘲諷。

※23錄科：清代科舉制度，生員在鄉試之前，所參加的預備考試，錄取成績優異者，參與鄉試。

※24吳越中氣脈：比喻文章的素質很高，行文能力非常出色。因明代浙江地區文化發達，才華洋溢之人輩出，所以有「吳越氣脈」的讚嘆。

※25漢王築壇拜將：漢高祖劉邦齋戒設壇場，封韓信為大將軍的故事，典故出自《史記．淮陰侯列傳》。

※26胡判：傳說中陰間鬍子多，黑臉的判官。

※27領案：亦作「案首」。科舉考試縣、府童生的第一名。參考李平校注，《今古奇觀》，三民書局出版。

然大笑，都道：「鮮于先輩又起用了。」連蒯公也自羞得滿面通紅，頓口無言。一時間看錯文字，今日眾人屬目之地，如何番悔！忍著一肚子氣，胡亂將試卷拆完。喜得除了第一名，此下一個個都是少年英俊，還有些嗔中帶喜。是日，蒯公發放諸生事畢，回衙悶悶不悅。不在話下。

卻說鮮于同少年時，本是個名士。因淹滯了數年，雖然志不曾灰，卻也是：

澤畔屈原吟獨苦，洛陽季子※28面多慚。

今日出其不意，考個案首，也自覺有些興頭，到學道考試，未必愛他文字，虧了縣家案首，就搭上一名科舉，喜孜孜去赴省試。眾朋友都在下處看經書、溫後場※29，只有鮮于同平昔飽學，終日在街坊上遊玩。傍人看見，都猜道：「這位老相公，不知是送兒子孫兒進場的？事外之人，好不悠閒自在。」若曉得他是科舉的秀才，少不得要笑他幾聲。

日居月諸※30，忽然八月初七日，街坊上大吹大擂，迎試官進貢院。鮮于同觀看之際，見興安縣蒯公正徵聘做《禮

古代科舉考試中，考生須住在號舍中應試，圖為江南貢院號舍舊影。

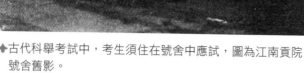

記》房考官※31。鮮于同自想：「我與蒯公同經，他考過我案首，必然愛我的文字。今番遇合，十有八九。」

誰知蒯公心裡不然，他又是一個見識道：「我取個少年門生，他後路悠遠，官也多做幾年，房師也靠得著他。那些老師宿儒，取之無益。」又道：「我科考時不合昏了眼，錯取了鮮于先輩，在眾人前老大沒趣。今番再取中了他，卻不又是一場笑話？我今閱卷，但是三場做得齊整的，多應是夙學之士，年紀長了，不要取他，只揀嫩嫩的口氣，亂亂的文法，歪歪的四六，怯怯的策論，饋債的判語，那定是少年初學。雖然學問未充，養他一兩科年還不長，且脫了鮮于同這件干紀※32。」算計已定，如法閱卷，取了幾個不整不齊、略略有些筆資※33的，大圈大點，呈上主司。主司都批了「中」字。到八月廿八日，主司同各經房在至公堂上拆號填榜。《禮

註

※28洛陽季子：即蘇秦。蘇秦還沒發跡時，父母、妻子和嫂嫂都看不起他；等到他顯貴位極人臣時，妻嫂見到他又不敢正眼瞧他，跪在地上迎接他。

※29溫後場：替後兩場考試做準備。後場，科舉的鄉試和會試都要考三場，後兩場考試稱爲後場。溫，溫習、準備。

※30日居月諸：原指日和月。此借指時間的流逝。

※31房考官：古代科舉考試採分房閱卷，擔任閱卷的考官即稱爲「房考官」。

※32干紀：責任、關係。依據《中華民國教育部重編國語辭典修訂本》解釋。

※33筆資：寫文章的天份。

記》房首卷是桂林府興安縣學生，複姓鮮于，名同，習《禮記》。又是那五十七歲的怪物、笑具僥倖了。蒯公好生驚異。主司見蒯公有不樂之色，問其緣故。蒯公道：「那鮮于同年紀已老，恐置之魁列，無以壓服後生。情願把一卷換他。」主司指堂上匾額道：「此堂既名為『至公堂』，豈可以老少而私愛憎乎？自古龍頭屬於老成，也好把天下讀書人的志氣，鼓舞一番。」遂不肯更換，判定了第五名正魁。蒯公無可奈何。正是：

饒君用盡千般力，命裡安排動不得。
本心揀取少年郎，依舊收將老怪物。

蒯公立心不要中鮮于「先輩」，故此只揀下不整齊的文字纔中。那鮮于同是宿學之士，文字必然整齊，如何反投其機？原來鮮于同為八月初七日看了蒯公入簾※34，自謂遇合十有八九。回歸寓中，多喫了幾杯生酒，壞了脾胃，破腹起來。勉強進場，一頭想文字，一頭泄瀉，瀉得一絲兩氣，草草完篇。二場、三場，仍復如此。十分才學，不曾用得一分出來。自謂萬元中式之理。誰知蒯公倒不要整齊文字，

臺灣府儒考棚舊照片，儒考棚是做為全臺考生參加鄉試之用。

以此竟占了個高魁。也是命裡否極泰來，顛之倒之，自然湊巧。那興安縣剛剛只中他一個舉人。當日鹿鳴宴※35罷，眾同年序齒※36，他又居了第一名。各房考官見了門生，俱各歡喜，惟蒯公悶悶不悅。鮮于同感蒯公兩番知遇之恩，愈加殷勤。蒯公愈加懶散。上京會試，只照常規，全無作興加厚※37之意。明年，鮮于同五十八歲，會試又下第了。相見蒯公，蒯公更無別語，只勸他選了官罷。鮮于同做了四十餘年秀才，不肯做貢生官。今日纔中得一年鄉試，怎肯就舉人職※38？回家讀書，愈覺有興。每聞里中秀才會文，他就袖了紙墨筆硯，捱入會中同做。憑眾人耍他、笑他、嗔他、厭他，總不在意。做完了文字，將眾人所作看了一遍，欣然而歸，以此為常。

光陰荏苒，不覺轉眼三年，又當會試之期。鮮于同時年六十有一。年齒雖增，矍鑠如舊。在北京第二遍會試，在寓所得其一夢，夢見中了正魁，會試錄上有名，

註

※34入簾：科舉考試的考官入場閱卷。

※35鹿鳴宴：古代科舉考試結束後，由州縣長官設宴款待主考官、學政以及上榜的考生。慣例在宴會上歌誦《詩經．小雅．鹿鳴》，故得此名。

※36序齒：按照年齡的長幼來排定次序先後。

※37作興加厚：擔任該房的主考官，按照慣例會對上榜的門生說寫鼓勵表揚的話。

※38舉人職：科舉時代，具有舉人、進士的資格皆可選授官職，舉人的官品低於進士。

下面卻填做《詩經》，不是《禮記》。鮮于同本是個宿學之士，那一經不通？他功名心急，夢中之言，不由不信，就改了《詩經》應試。事有湊巧，物有偶然。蒯知縣為官清正，行取到京，欽授禮科給事中之職。其年，又進會試經房。蒯公不知鮮于同改經之事，心中想道：「我兩遍錯了主意，取了那鮮于『先輩』做了首卷。今番會試，他年紀一發長了。若《禮記》房裡又中了他，這纔是終身之玷。我如今不要看《禮記》，改看了《詩經》卷子，那鮮于『先輩』中與不中，都不干我事。」一比及入簾閱卷，遂請看《詩》五房卷。蒯公又想道：「天下舉子像鮮于『先輩』的，諒也非止一人。我不中鮮于同，又中了別的老兒，可不是『躲了雷公，遇了霹靂』◎1！我曉得了，但凡老師宿儒，經旨必然十分透徹；後生家專工四書，經義必然不精。如今倒不要取四經整齊，但是有些筆資的，不妨題旨影響，這定是少年之輩了。」一閱卷進呈等到揭曉，《詩》五房頭卷，列在第十名正魁。拆號看時，卻是

《徐顯卿宦跡圖．棘院秉衡》，表現明萬曆年間北京貢院會試場景。

桂林府興安縣學生，複姓鮮于名同，習《詩經》，剛剛又是那六十一歲的怪物、笑具！氣得蒯遇時目瞬口呆，如槁木死灰※39模樣！

早知富貴生成定，悔卻從前枉用心。

蒯公又想道：「論起世上同名姓的儘多，只是桂林府興安縣卻沒有兩個鮮于同。但他向來是《禮記》，不知何故又改了《詩經》？好生奇怪。」候其來謁，叩其改經之故。鮮于同將夢中所見，說了一遍。蒯公歎息連聲道：「真命進士！真命進士！」自此，蒯公與鮮于同師生之誼，比前反覺厚了一分。殿試過了，鮮于同考在二甲頭上，得選刑部主事。人道他晚年一第，又居冷局※40，替他氣悶。他欣然自如。

卻說蒯遇時在禮科衙門，直言敢諫，因奏疏裡面觸突了大學士劉吉，被吉尋他

註

※39槁木死灰：此指十分驚訝，出乎意料之外，臉色如死灰般慘白，如槁木般呆立原地。出自《莊子．齊物論》：「形固可使如槁木，而心固可使如死灰乎？」原指道家的一種修行境界，心擺脫了生命形軀的限制，達到與外物渾然一體的境界。

※40冷局：冷門的官職。

眉批

◎1：避老得老，天所以警蒯公，又烏知天所以愛蒯公乎？（無礙居士）

罪過，下於詔獄※41。那時刑部官員，一個個奉承劉吉，欲將蒯公置之死地。卻好天與其便，鮮于同在本部，一力周旋看覷，所以蒯公不致喫虧。又替他糾合同年，在各衙門懇求方便，蒯公遂得從輕降處。蒯公自想道：「『著意種花花不活，無心栽柳柳成陰。』若不中得這個老門生，今日性命也難保。」◎2乃往鮮于「先輩」寓所拜謝。鮮于同道：「門生受恩師三番知遇，今日小小效勞，止可少答科舉而已。天高地厚，未酬萬一。」當日師生二人，歡飲而別。自此不論蒯公在家在任，每年必遣人問候，或一次，或兩次。雖俸金微薄，表情而已。

光陰荏苒，鮮于同只在部中遷轉，不覺六年，應選知府。京中重他才品，敬他老成，吏部立心要尋個好缺推他。鮮于同全不在意。偶然仙居縣有信至，蒯公的公子蒯敬共，與豪戶查家爭墳地疆界，嚷罵了一場。查家走失了個小廝，賴蒯公子打死，將人命事告官。蒯敬共無力對理，一徑逃往雲南父親任所去了。官府疑蒯公子逃匿人命情真，差人雪片下來提人，家屬也監了幾個，闔門驚懼。

清畫家徐揚描繪的蘇州科舉會場。

鮮于同查得台州正缺知府，乃央人討這地方。吏部知台州原非美缺，既然自己情願，有何不從？即將鮮于同推陞台州知府。

鮮于同到任三日，豪家已知新大守是蒯公門生，特討此缺而來，替他解紛，必有偏向之情，先在衙門謠言放刁。鮮于同只推不聞。蒯家家屬訴冤，鮮于同亦佯為不理，密差的當捕人，訪緝查家小廝，務在必獲。約過兩月有餘，那小廝在杭州拿到。鮮于太守當堂審明的係自逃，與蒯家無干，當將小廝責取查家領狀。蒯氏家屬，即行釋放。期會一日，親往壙所踏看疆界。查家見小廝已出，自知所訟理虛，恐結訟之日必然喫虧。一面央大分上到大守處說方便，一面又央人到蒯家，情願把壙界相讓講和。蒯家事已得白，也不願結冤家。鮮于太守准了和息，將查家薄加罰治，申詳上司，兩家莫不心服。正是：

只愁堂上無明鏡，下怕民間有鬼奸。

鮮于太守乃寫書信一通，差人往雲南府回覆房師蒯公。蒯公大喜，想道：

註

※41詔獄：原指奉皇帝的詔命關押犯人之處。此指一般的刑部監獄。

眉批

◎2：一世報恩。(無礙居士)

「『樹荊棘得刺，樹桃李得蔭。』若不曾中這個老門生，今日身家也難保。」◎3遂寫懇切謝啟一通，遣兒蒯敬共賫※42回，到府拜謝。鮮于同道：「下官暮年淹蹇※43，為世所棄。受尊公老師三番知遇，得掇科目，常恐身先溝壑※44，大德不報。今日恩兄被誣，理當暴白。下官因風吹火，小效區區，止可少酬老師鄉試提拔之德，尚欠情多多也。」因為蒯公子經紀※45家事，勸他閉戶讀書，自此無話。

鮮于同在台州做了三年知府，聲名大振，陞在徽寧道做兵憲※46，累陞河南廉使※47，勤於官職。年至八旬，精力比少年兀自有餘。推陞了浙江巡撫。鮮于同想道：「我六十一歲登第，且喜儒途淹蹇，仕途倒順溜，並不曾有風波。今官至撫臺，恩榮極矣！一向清勤自矢，不負朝廷。今日急流勇退，理之當然。但受蒯公三番知遇之恩，報之未盡，此任正在房師地方，或可少效涓涘。」乃擇日起程赴任，一路迎送榮耀，自不必說。下一日，到了浙江省城。此時蒯公也歷任做到大參※48地位，因病目不能理事，致政在家。聞得鮮于「先輩」又做本省開府※49，乃領了十二歲孫

✦蒯公乃領了十二歲孫兒，親到杭州謁見鮮于公。（古版畫，選自《今古奇觀》明末吳郡寶翰樓刊本。）

兒，親到杭州謁見。蒯公雖是房師，倒小於鮮于公二十餘歲。今日蒯公致政在家，又有了目疾，龍鍾可憐。鮮于公年已八旬，健如壯年，位至開府。可見發達不在於遲早。蒯公歎息了許多。正是：

松柏何須羨桃李，請君點檢歲寒枝。

且說鮮于同到任以後，正擬遣人問候蒯公，聞說蒯參政到門，喜不自勝，倒屣而迎，直請到私宅，以師生禮相見。蒯公喚十二歲孫兒見了老公祖。鮮于公問：「此位是老師何人？」蒯公道：「老夫受公祖活命之恩，大子昔日難中，又蒙昭雪，此恩直如覆載。今天幸福星又照吾省。老夫衰病，不久於世。犬子讀書無成。

註

※42齎：讀作「雞」，贈送物品予人。此指送回覆信函。
※43淹蹇：久居貧困。
※44身先溝壑：壽命不長。
※45經紀：經營打理。
※46兵憲：兵備道的另外一種稱呼。道，明清兩代的官名。掌管某一區域特定事務的主官，亦稱道員。
※47廉使：按察使的另外一種稱呼。主管一省的司法長官，職掌刑名按劾之事。
※48大參：布政使參政，即副布政使。布政使，明清各省民政兼財政長官。
※49開府：對中央高級官員的尊稱。

眉批

◎3：二世報恩。（無礙居士）

只有此孫，名曰蒯悟，資性頗敏，特攜來相託，求老公祖青目※50一二。」鮮于公道：「門生年齒，已非仕途人物，正為師恩酬報未盡，所以強顏而來。今日承老師以令孫相託，此乃門生報德之會也。鄙意欲留令孫在敝衙，同小孫輩課業，未審老師放心否？」蒯公道：「若蒙老公祖教訓，老夫死亦瞑目。」遂留兩個書童服事蒯悟在都撫衙內讀書。蒯公自別去了。那蒯悟資性過人，文章日進。就是年之秋，學道按臨。鮮于公力薦神童，進學補廩，依舊留在衙門中勤學。三年之後，學業已成。鮮于公道：「此子可取科第，我亦可以報老師之恩矣。」乃將俸銀三百兩贈與蒯悟，為筆硯之資，親送到台州※51仙居縣。

適值蒯公三日前一病身亡。鮮于公哭奠已畢，問：「老師臨終亦有何言？」蒯敬共道：「先父遺言，自己不幸少年登第，因而愛少賤老。偶爾暗中摸索，得了老公祖大人。後來許多年少的門生，賢愚不等，升沉不一，俱不得其氣力。全虧了老公祖大人一人，始終看覷。我子孫世世，不可怠慢老成之士。」◎4鮮于公呵

十九世紀時的舊照片，拍攝當時貢院內的號舍。

呵大笑道：「下官今日三報師恩，正要天下人曉得：扶持了老成人也有用處，不可愛少而賤老也。」說罷，作別回省，草上表章，告老致仕。得旨予告，馳驛還鄉，優悠林下。每日訓課兒孫之暇，同里中父老飲酒賦詩。後八年，長孫鮮于涵鄉榜高魁，赴京會試。恰好仙居縣蒯悟是年中舉，也到京中。兩人三世通家，又是少年同窗，並在一寓讀書。比及會試揭曉，同年進士。兩家互相稱賀。鮮于同自五十七歲登科，六十一歲登甲，歷仕三十三年，腰金衣紫，錫恩三代。告老回家，又看了孫兒科第，直活到九十七歲，整整的四十年晚運。至今浙江人肯讀書，不到六七十歲還不丟手，往往有晚達者。後人有詩歎云：

利名何必苦奔忙，遲早須臾在上蒼。
但學蟠桃能結果，三千餘歲未爲長。

註

※50青目：垂青關照。
※51台州：今浙江省。

眉批

◎4：有感慨。（無礙居士）

第二十二卷　鈍秀才一朝交泰

蒙正窯中怨氣※1，買臣擔上書聲。丈夫失意惹人輕，纔入榮華稱慶。　紅日偶然陰翳，黃河尚有澄清。浮雲眼底總難憑，牢把腳跟立定。

這首《西江月》大概說人窮通有時，固不可以一時之得意而自誇其能，亦不可以一時之失意而自墜其志。唐朝甘露※2年間，有個王涯丞相，官居一品，權壓百僚，僮僕千數，日食萬錢，說不盡榮華富貴。其府第廚房，與一僧寺相鄰。每日廚房中滌鍋淨碗之水，傾向溝中，其水從僧寺中流出。一日，寺中老僧出行，偶見溝中流水中有白物大如雪片，小如玉屑。近前觀看，乃是上白米飯，王丞相廚下鍋裡、碗裡洗刷下來的。長老合掌念聲：「阿彌陀佛，罪過，罪過！」隨口吟序一首：

✦春季農夫播種前翻鬆土壤的工作即為春耕，圖為明戴進的《春耕圖》。

春時耕種夏時耘，粒粒顆顆費力勤。
春去細糠如剖玉，炊成香飯似堆銀。
三餐飽食無餘事，一口饑時可療貧。
堪歎溝中狼藉賤，可憐天下有窮人！

長老吟詩已罷，隨喚火工道人，將笊籬笊起溝內殘飯，向清水河中滌去污泥，攤於篩內，日色曬乾，用磁缸收貯，且看幾時滿得一缸。不勾三四個月，其缸已滿。兩年之內，並積得六大缸有餘。那王涯丞相只道千年富貴、萬代奢華，誰知樂極生悲，一朝觸犯了朝廷，闔門待勘，未知生死。其時賓客散盡，僮僕逃亡，倉廩盡為仇家所奪。王丞相至親二十三口，米盡糧絕，擔饑忍餓。啼哭之聲，聞於鄰

註

※1蒙正窯中怨氣：呂蒙正（生於西元九四六年，卒於西元一〇一一年），字聖功。宋代河南洛陽人，北宋太宗與眞宗朝的宰相。民間傳說，呂蒙正在落魄之時，劉月娥拋繡球選他爲夫婿，劉父不允這樁婚事，月娥與父親決裂，與呂蒙正一起住在破窯。待呂蒙正考上狀元，才與岳父和好。比喻懷才不遇的士人，在落魄窮途潦倒時坎坷的處境與心中的憤懣不平。

※2唐朝甘露：可能是指唐文宗大和九年。唐朝無甘露年號，只有「甘露事變」，王涯當生於此時。參考李平校注，《今古奇觀》，三民書局出版。

寺。長老聽得，心懷不忍，只是一牆之隔，除非穴牆可以相通。長者將缸內所積飯乾浸軟，蒸而饋之。王涯丞相喫罷，甚以為美。◎1遣婢問老僧，他出家之人，何以有此精食？老僧道：「此非貧僧家常之飯，乃府上滌釜※3洗碗之餘，流出溝中，貧僧可惜有用之物，棄之無用，將清水淘淨，日色曬乾，留為荒年貧丐之食。今日誰知仍濟了尊府之急。正是：一飲一啄，莫非前定※4。」王涯丞相聽罷歎道：「我平昔暴殄天物如此，安得不敗？今日之禍，必然不免。」其夜，遂伏毒而死。當初富貴時節，怎知道有今日？正是：貧賤常思富貴，富貴又履危機。此乃福過災生，自取其咎。假如今人貧賤之時，那知後日富貴？即如榮華之日，豈信後來苦楚？如今在下再說個先憂後樂的故事，列位看官們內中倘有胯下忍辱的韓信，妻不下機的蘇秦，聽在下說這段評話，各人回去硬挺著頭頸過日，以待時來，不要先墜了志氣。有詩四句：

秋風衰草定逢春，尺蠖※5泥中也會伸。
畫虎不成君莫笑，安排牙爪始驚人。

胯下之辱是韓信著名的軼事，圖為十九世紀日本畫家歌川國芳繪的《胯下之辱》。

話說國朝天順年間※6，福建延平府※7將樂縣有個宦家，姓馬名萬群，官拜吏科給事中※8。因論太監王振專權誤國，削籍為民。夫人早喪，單生一子，名曰馬任，表字德稱。十二歲遊庠※9，聰明飽學。說起他聰明，就如顏子淵聞一知十※10；論起他飽學，就如虞世南※11五車腹笥※12。真個文章蓋世，名譽過人。馬給事愛惜如良金美玉，自不必言。里中那些富家兒郎，一來為他是黃門※13的貴公子，二來道他經解※14之才，早晚飛黃騰達，無不爭先奉承。其中更有兩個人奉承得要緊，

註

※3滌釜：清洗鍋子。釜，古代一種用來烹煮食物的器具，今之「鐵鍋」。

※4一飲一啄莫非前定：人的吉凶禍福，都是命中注定的。

※5尺蠖：蠖，讀作「或」。蟲名。行走時前後交互屈伸其體，如尺量物，故名尺蠖。

※6國朝天順年間：明英宗天順年間（西元一四五七年—一四六四年）。

※7延平府：古代府名。今之福建省南平市延平區。

※8給事中：官名。官銜後加上給事中，即表示可自由進出宮廷，侍奉皇帝左右，執掌侍從規諫。

※9遊庠：古代對考中秀才的稱呼。庠，讀作「翔」，學校。

※10顏子淵：即顏回。

※11虞世南：生於西元五五八年，卒於西元六三八年。字伯施，唐餘姚人。擅長寫作文章，精通書法，最先出仕陳朝，進入隋代時擔任祕書郎。

※12五車腹笥：用以形容人飽讀詩書，學富五車。腹笥，肚子裡的學問，猶如藏書箱中的書一樣廣博。笥，讀作「四」。藏書的箱子。

※13黃門：原爲古代官名，此處借指官宦世家。

※14經解：經魁解元的省稱。明代科舉以五經取士，每經的魁首稱爲「經魁」，各取一經的魁首合成前五名。鄉試中，秀才中舉名列「經魁」第一的，稱爲解元，即是經魁解元。參考李平校注，《今古奇觀》，三民書局出版。

眉批

◎1：已棄，不應得食，天使懺悔耳。（無礙居士）

真個是：

冷中送煖，閒裡尋忙。出外必稱弟兄，使錢那問爾我？偶話店中酒美，請飲三杯；纔誇妓館容嬌，代包一月。掇臀捧屁，猶云手有餘香；隨口蹋痰，惟恐人先著腳。說不盡諂笑脅肩，只少個出妻獻子。◎2

一個叫黃勝，綽號黃病鬼。一個叫顧祥，綽號飛天炮仗。他兩個祖上也曾出仕，都是富厚之家，目不識丁，也頂個讀書的虛名。把馬德稱做個大菩薩供養，恐他日後富貴往來。那馬德稱是忠厚君子，彼以禮來，此以禮往，見他慇勤※15，也遂與之為友。黃勝就把親妹六媖，許與德稱為婚。德稱聞此女才貌雙全，不勝之喜。但從小立個誓願：

若要洞房花燭夜，必須金榜掛名時。

馬給事見他立志高明，也不相強。所以年過二十，尚未完娶。時值鄉試之年。忽一日，黃勝、

智化寺英宗諭祭王振碑拓片。（圖片攝影、來源：Antigng）

顧祥邀馬德稱向書鋪中去買書，見書鋪隔壁有個筭※16命店，牌上寫道：「要知命好醜，只問張鐵口。」馬德稱道：「此人名為鐵口，必肯直言。」買完了書，就過間壁與那張先生拱手道：「學生賤造※17，求教。」先生問了八字，將五行生尅※18之數、五星虛實之理，推筭了一回，說道：「尊官若不見恠※19，小子方敢直言。」馬德稱道：「君子問災不問福，何須隱諱！」黃勝、顧祥兩個在傍，只怕那先生不知好歹，說出話來，沖撞了公子◎3。黃勝便道：「先生仔細看看，不要輕談！」顧祥道：「此位是本縣大名士，你只看他今科發解還是發魁※20？」先生道：「小子只據理直講，不知準否？貴造偏才歸祿，父主崢嶸。論理必生於貴宦之家。」黃、顧二人拍手大笑道：「這就準了。」先生道：「五星中命纏奎壁，文章冠世。」二人又笑道：「好！先生筭得準，筭得準！」先生道：「只嫌二十二歲交這運不好，官煞重重，為禍不小。不但破家，亦防傷命。若過得三十一歲，後來倒有五十年榮

註

※15慇勤：情意懇切、周到。依據《中華民國教育部重編國語辭典修訂本》解釋。

※16筭：同今算字，是算的異體字。

※17賤造：自謙之詞，猶言賤命、薄命。術數用語。命相家稱問卜者的生辰八字爲「造」。

※18尅：克制。同今剋字，是剋的異體字。

※19恠：同今怪字，是怪的異體字。

※20發魁：鄉試時中了經魁。（參考李平校注，《今古奇觀》，三民書局出版。）

眉批

◎2：好形容。（無礙居士）

◎3：一路描寫，人情曲似。（無礙居士）

華※21。只怕一丈闊的水缺，雙腳跳不過去。」黃勝就罵起來道：「放屁！那有這話？」顧祥伸出拳來道：「打這廝，打歪他的鐵嘴。」馬德稱雙手攔住道：「命之理微，只說他筭不準就罷了，何須計較。」黃、顧二人口中還不乾淨，卻得馬德稱抵死勸回。那先生只求無事，也不想算命錢了。正是：

阿諛人人喜，直言個個嫌。

那時連馬德稱也只道自家唾手功名，雖不深怪那先生，卻也不信。誰知三場得意，榜上無名。自十五歲進場，到今二十一歲，三科不中。若論年紀還不多，只為進場屢次了，反覺不利。又過一年，剛剛二十二歲。馬給事一個門生又參了王振一本。王振疑心座主※22指使而然，再理前仇，密唆朝中心腹，尋馬萬群當初做有司時罪過，坐贓萬兩，著本處撫按※23追解。馬萬群本是個清官，聞知此信，一口氣得病，數日身死。馬德稱哀慼盡禮，此心無窮。卻被有司逢迎上意，逼要萬兩贓銀交納。此時只得變賣家產，但是有稅契可查者，有司徑自估價官賣；只有續置一個小小田庄※24，未曾起稅，官府不知。馬德稱恃顧祥平昔至交，只說顧家產業，央他暫時承認。又有古董書籍等項，約數百

明英宗畫像。

金，寄與黃勝家中去訖。那有司官將馬給事家房產田業盡數變賣，未足其數，兀自吹毛求疵不已。◎4馬德稱扶柩在墳堂屋內暫住。忽一日，顧祥遣人來，言府上餘下田庄，官府已知，瞞不得了。馬德稱無可奈何，只得入官。後來聞得反是顧祥舉首※25。一則恐後連累，二者博有司的笑臉。德稱知人情奸險，付之一笑。過了歲餘，馬德稱往黃勝家索取寄頓物件，連走數次，俱不相接。結末，遣人送一封帖來。馬德稱拆開看時，沒有書柬，止封帳目一紙。內開某月某日，某事用銀若干，某該合認，某該獨認。如此非一次。隨將古董書籍等項，估計扣除，不還一件。德稱大怒，當了來人之面，將帳目扯碎，大罵一場：「這般狗彘之輩，再休相見！」從此親事亦不題起。黃勝巴不得杜絕馬家，正中其懷。正合著西漢馮公的四句，道是：

一貴一賤，交情乃見；

註

※21華：繁盛。同今華字，是華的異體字。華，是花的古字。
※22座主：又稱座師。科舉制度時，上榜的考生對主考官的敬稱。
※23撫按：即巡撫。清朝時巡撫為各省的長官，如今之省長，總管軍事、吏治、刑獄、民政等職務。
※24庄：同今莊字，是莊的異體字。此指田地與莊舍。
※25舉首：舉報、告發。

眉批

◎4：吹毛求疵，以逢迎上司，有骨氣者絕不如此。（無礙居士）

一死一生，乃見交情。

馬德稱在墳屋中守孝，弄得衣衫藍縷，口食不周。當初父親存日，也曾周濟過別人；今日自己遭困，卻有誰人周濟？守墳的老王，攛掇※26他把墳上樹木倒賣與人。德稱不肯。老王指著路上幾棵大柏樹道：「這樹不在塚傍，賣之無妨。」德稱依允，講定價錢，先倒一棵下來，中心都是蟲蛀空的，不值錢了。再倒一棵，亦復如此。德稱歎道：「此乃命也！」就教住手。那兩棵樹只當燒柴，賣不多錢，不兩日用完了。身邊只剩得十二歲一個家生小廝※27，央老王作中，也賣與人，得銀五兩。這小廝過門之後，夜夜小遺※28起來。主人不要了，退還老王處，索取原價。◎5德稱不得已，情厚減退了二兩身價賣了。好奇怪！第二遍去，就不小遺了。這幾夜小遺，分明是打落德稱這二兩銀子。不在話下。

光陰似箭，看看服滿。德稱貧困之極，無門可告。想起有個表叔在浙江杭州府做二府※29。湖州德清縣※30知縣，也

仇英《南都繁會圖（局部）》描繪了明代南京的都市風貌。

是父親門生，不如去投奔他。兩人之中，也有一遇。當下將幾件什物傢伙，把老王賣充路費，漿洗了舊衣舊裳，收拾做一個包裹，搭船上路，直至杭州。問那表叔，剛剛十日之前已病故了。隨到德清縣投那個知縣時，又正遇這幾日為錢糧事情，與上司爭論不合，使性要回去，告病關門，無由通報。正是：

時來風送滕王閣※31，運去雷轟薦福碑※32。

德稱兩處投人不著，想得南京衙門做官的，多有年家。又趁船到京口，欲要渡

註

※26攛掇：讀作「ㄘㄨㄢˋ ˙ㄉㄨㄛ」。慫恿，從旁煽動、勸誘人去做某事。

※27家生小廝：家中奴僕所生的孩子，人身權歸屬主人。參考李平校注，《今古奇觀》，三民書局出版。

※28小遺：小便、小解。

※29二府：同知的俗稱。府之主管官吏稱「知府」，府之輔佐官則稱為「同知」。

※30湖州德清縣：今浙江省湖州市。

※31風送滕王閣：典故出自宋代曾慥《類說》。初唐詩人王勃要前往滕王閣赴宴，乘舟行至馬當。馬當離南昌七百里，王勃幸得風神相助，竟然在第二天及時趕到，並在會上作滕王閣序享譽文壇。後人以此來比喻時來運轉。

※32雷轟薦福碑：典故出自宋代惠洪《冷齋夜話》，范仲淹鎮守鄱陽時，有書生窮途潦倒，當時盛行歐陽詢字，其所寫薦福碑墨本值千錢。范公準備為之拓印一千本售出資助。不料，夜晚被雷擊打碎其碑未能如願。後人以此比喻命運坎坷。

眉批

◎5：凡落井下石者，皆墳樹之蟲，小童之便一類耳。（無礙居士）

江。怎奈連日大西風，上水船寸步難行，只得往句容一路步行而去，逕往留都。且數留都那幾個城門：

神策、金川、儀鳳門，懷遠、清涼到石城。
三山、聚寶連通濟，洪武、朝陽定太平。

馬德稱由通濟門入城，到飯店中宿了一夜。次早，往部科等各衙門打聽。往年多有年家※33為官的，如今陞的陞了，轉的轉了，死的死了，壞的壞了，一無所遇。乘興而來，卻難興盡而返。流連光景，不覺又是半年有餘，盤纏俱已用盡。雖不學伍大夫吳門乞食※34，也難免呂蒙正僧院投齋※35。忽一日，德稱投齋到大報恩寺，遇見個相識鄉親，問其鄉里之事，方知本省宗師按臨歲考※36。德稱在先服滿時，因無禮物送與學裡※37師長，不曾動得起服文書※38及遊學呈子※39，也不想如此久客於外。如今音信不通，教官※40逕把他做避考申黜。千里之遙，無由辨復。真是：

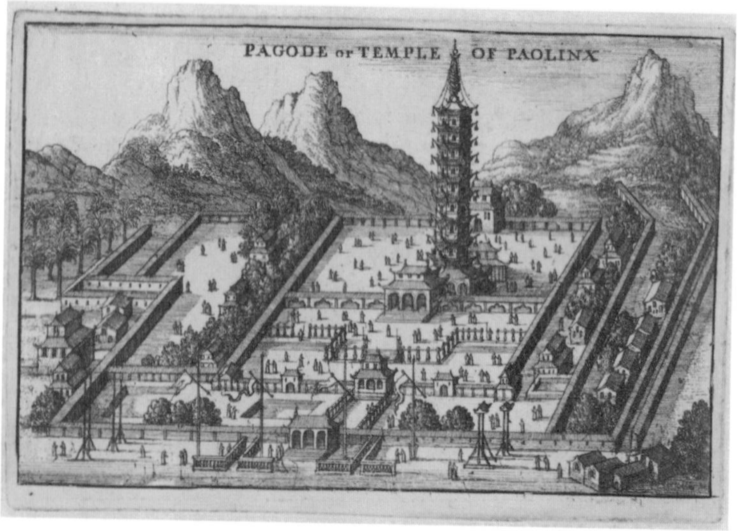

十七世紀的歐洲畫家Wenceslas Hollar 繪製的南京大報恩寺塔。

屋漏更遭連夜雨，船遲又遇打頭風。

德稱聞此消息，長歎數聲，無面回鄉，意欲覓個館地，權且教書糊口，再作道理。誰知世人眼淺，不識高低。聞知異鄉公子如此形狀，必是個浪蕩之徒，便有錦心繡腸，誰人信他？誰人請他？又過了幾時，和尚們都怪他蒿惱※41，語言不遜，不可盡說。幸而天無絕人之路，有個運糧的趙指揮※42，要請個門館先生同往北京。一則陪話，二則代筆。偶與承恩寺主持商議。德稱聞知，想道：「乘此機會，往北京

註

※33年家：科舉制度時，同年登科上榜有交情往來家庭之間的互相稱呼。

※34伍大夫吳門乞食：伍大夫即伍子胥，名員。春秋時期楚國人。與父兄俱在楚國做官，後楚王聽讒言殺其父兄，伍子胥逃亡吳國，一度吹簫乞討度日。

※35呂蒙正僧院投齋：民間傳說呂蒙正落魄時，曾到白馬寺趁著僧人吃飯時，以他們的食物充飢。

※36宗師按臨歲考：指提督學政親至所屬各級縣市主持歲試與科試。提督學政也稱為「宗師」。

※37學裡：指府、州、縣等各級地方政府所設置的儒學。

※38起服文書：科舉時代，父母逝世，考生必須守喪三年，待期滿，必須上報請求恢復考試資格，才能繼續參加科舉，這樣的公文稱為「起服文書」。

※39遊學呈子：士子有事出門遠遊，趕不及回來參加歲試，請求保留學籍的文書。

※40教官：明、清兩代，府、州、縣學，管理儒生，職掌教誨曉諭的官員，又稱「學官」。

※41蒿惱：打擾。

※42指揮：即指揮使。明代軍隊的武官。

一行，豈不兩便？」遂央僧舉薦。那俗僧也巴不得遣那窮鬼起身，就在指揮面前稱揚德稱好處，且是束修※43甚少。趙指揮是武官，不管三七二十一，只要省便，約德稱在寺投刺※44相見，擇日請了下船同行。德稱口如懸河，賓主頗也得合。

不一日，到黃河岸口，德稱偶然上岸登東，忽聽發一聲喊，猶如天崩地裂之形。慌忙起身看時，喫了一驚：原來河口決了。趙指揮所統糧船三分四散，不知去向。但見水勢滔滔，一望無際。德稱舉目無依，仰天號哭，歎道：「此乃天絕我命也，不如死休！」方欲投入河流，遇一老者相救，問其來歷。德稱訴罷，老者惻然憐憫道：「看你青春美質，將來豈無發跡之期？此去短盤至北京，費用亦不多。老夫帶得有三兩荒銀，權為程敬。」說罷，去摸袖裡，卻摸個空，連呼「奇怪！」仔

明代畫作中的北京城。

細看時，袖底有一小孔。那老者趕早出門，不知在那裡遇著剪綹※45的剪去了。老者嗟歎道：「古人云：『得咱心肯日，是你運通時。』今日看起來，就是心肯，也有個天數。非是老夫吝惜，乃足下命運不通所致耳。欲屈足下過舍下，又恐路遠不便。」乃邀德稱到市心裡，向一個相熟的主人家，借銀五錢為贈。◎6德稱深感其意，只得受了，再三稱謝而別。

德稱想：「這五錢銀子，如何盤纏得許多路？」思量一計，買下紙筆，一路賣字。德稱寫作俱佳，爭奈時運未利，不能討得文人墨士賞鑒，不過村坊野店胡亂買幾張糊壁。此輩曉得什麼好歹？那肯出錢。德稱有一頓沒一頓，半饑半飽，直挨到北京城裡，下了飯店，問店主人借縉紳看，查有兩個相厚的年伯，一個是兵部尤侍郎，一個是左卿曹光祿※46。當下寫了名刺，先去謁曹公。曹公見其衣衫不整，心下不悅。又知是王振的仇家，不敢招架。送下小小程儀※47，就辭了。再去見尤侍郎，那尤公也是個沒意思的，自家一無所贈，寫一封柬帖薦在邊上陸總兵處。店主人見

註

※43束修：付給教書先生的酬金。
※44投刺：遞上名帖。刺，古代在竹簡上刻上姓名作爲拜見的名帖。
※45剪綹：小偷。剪破別人的衣帶，偷走錢財。綹，絲線，讀作「柳」。
※46光祿：古代官名。掌管宮廷膳食的官府機構。左卿即少卿，是光祿寺副長官。
※47程儀：贈送給人的旅費。

眉批

◎6：賢哉此老，何異淮陰漂母。（無礙居士）

有這封書，料有際遇，將五兩銀子借為盤纏。誰知正值北虜也先※48為寇，大掠人畜。陸總兵失機，紐解來京問罪。連尤侍郎都罷官去了。

德稱在塞外，耽擱了三四個月，又無所遇，依舊回到京城旅寓。店主人折了五兩銀子，沒處取討，又欠下房錢飯錢若干，索性做個宛轉※49，倒不好推他出門。◎7想起一個主意來。前面衚衕※50有個劉千戶，其子八歲，要訪個下路先生教書，乃薦德稱。劉千戶大喜，講過束修二十兩。店主人先支一季束修，自己收受准了所借之數。劉千戶頗盡主道，送一套新衣服，迎接德稱到彼坐館。自此饔餐不缺。且訓誦之暇，重溫經史，再理文章。剛剛坐了三個月，學生出起痘來，太醫下藥不效，十二朝身死。劉千戶單只此子，正在哀痛。又有刻薄小人對他說道：「馬德稱是個降禍的太歲，耗氣的鶴神※51，所到之處，必有災殃。◎8趙指揮請了他就壞了糧船；尤侍郎薦了他就壞了官職，他是個不吉利的秀才，不該與他親近。」劉千戶不想自兒死生有命，倒抱怨先生帶累了。各處傳說，從此京中起他一個異名叫做「鈍秀

凡鈍秀才街上過去，家家閉戶，處處關門。（古版畫，選自《今古奇觀》明末吳郡寶翰樓刊本。）

才」。凡鈍秀才街上過去，家家閉戶，處處關門。但是早行遇著鈍秀才的，一日沒采※52，做買賣的折本，尋人的不遇，告官的理輸，討債的不是廝打定是廝罵。就是小學生上學，也被先生打幾下手心。有此數項，把他做妖物相看。◎9倘然狹路相逢，一個個吐口涎沫，叫句吉利方走。可憐馬德稱衣冠之冑，飽學之儒，今日時運不利，弄得日無飽餐，夜無安宿。同時有個浙中吳監生，性甚硬直。聞知鈍秀才之名，不信有此事，特地尋他相會，延至寓所，叩其胸中所學，甚有接待之意。坐席猶未煖，忽得家書，報家中老父病故，踉蹌而別，轉薦與同鄉呂鴻臚※53。呂公請至寓所，待以盛饌。方纔舉箸，忽然廚房中火起，舉家驚慌逃奔。德稱因腹餒※54，緩行了幾步，被地方拿他做火頭，解去官司，不由分說，下了監鋪。幸呂鴻臚是個有天理的人，替他使錢，免其枷責。從此，鈍秀才其名益著，無人招接，仍復賣字為

註

※48也先：人名。生於西元一四〇七年，卒於西元一四五四年，明代蒙古瓦剌部人。原為蒙古丞相，後自稱為大元天聖可汗。

※49宛轉：人情。此指不要馬德稱的房錢與飯錢。

※50衚衕：讀作「湖．ㄊㄨㄥ」。即「胡同」，北方人對小街巷的稱呼。

※51鶴神：凶煞之神的名稱，傳說為太歲的部下。

※52沒采：走霉運。

※54鴻臚：古代官名。此指在鴻臚寺任職的官員。職掌朝貢慶弔的禮儀。鴻臚寺的主管官吏為鴻臚寺卿。

※53餒：飢餓。

眉批

◎7：亦算賢主人矣。（無礙居士）

◎8：怪他說不得。（無礙居士）

◎9：英雄失路，可憐，可憐！（無礙居士）

生。

慣與裱家書壽軸，喜逢新歲寫春聯。

夜間常在祖師廟、關聖廟※55、五顯廟這幾處安身，或與道人代寫疏頭※56，趁幾文錢度日。

話分兩頭，卻說黃病鬼黃勝，自從馬德稱去後，初時還怕他還鄉。到宗師行黜，不見回家，又有人傳信，道是隨趙指揮糧船上京，被黃河水決。已覆沒矣。心下坦然無慮。朝夕逼勒妹子六媖改聘。六媖以死自誓，決不二天※57。到天順晚年鄉試，黃勝夤緣※58賄賂，買中了秋榜。里中奉承者，填門塞戶。聞知六媖年長未嫁，求親者日不離門。六媖堅執不從，黃勝也無可奈何。到冬底打疊行囊，往北京會試。馬德稱見了鄉試錄，已知黃勝得意，必然到京。想起舊恨，羞與相見，預先出京躲避。誰知黃勝不耐功名，若是自家學問上掙來的前程，倒也理之當然，不放在心裡。他原是買來的舉人，小人乘君子之器※59，不覺手之舞之，足之蹈之。又將銀五十兩買了個勘合※60，馳驛到京，尋了個大大的下處，且不去溫習經

明代男子服飾。（圖片來源、攝影：Supersentai）

史，終日穿花街過柳巷，在院子裡表子家行樂。常言道「樂極悲生」，鬫※61出一身廣瘡※62。科場漸近，將白金百兩送太醫，只求速愈。太醫用輕粉劫藥※63，數日之內，身體光鮮。草草完場而歸。不勾半年，瘡毒大發，醫治不痊，嗚呼哀哉死了。既無兄弟，又無子息，族間都來搶奪家私。其妻王氏，又沒主張，全賴六媖一身內支喪事，外應親族，按譜立嗣。眾心俱悅服無言。六媖自家也分得一股家私，不下數千金。想起丈夫覆舟消息，未知真假，費了多少盤纏，各處遣人打聽下落。有人自北京來，傳說馬德稱未死，落莫在京，京中都呼為「鈍秀才」。六媖是個女中大夫，甚有劈著※64。收拾起輜重銀兩，帶了丫鬟童僕，僱下船隻，一逕來到北京，尋取丈夫。◎10訪知馬德稱在真定府龍興寺大悲閣寫《法華經》，乃將白金百兩、

註

※55關聖廟：指供奉關聖帝君的廟宇。關聖，即關羽，民間信仰的神祇「關聖帝君」。
※56疏頭：和尚、道士在誦經前，焚化時的祝禱詞，向上天說明祭拜原因。
※57決不二天：不嫁二夫。古代封建社會，女子以夫君爲天。
※58夤緣：賄賂。夤，讀作「銀」。攀附權貴，找門路、拉關係。
※59小人乘君子之器：小人使用不正當的手段，僭越佔據君子才能享有的位置。
※60勘合：勘合時的契約、合同。
※61鬫：讀作「嫖」。同今嫖字，是嫖的異體字。嫖妓，玩弄妓女，流連煙花場所。
※62廣瘡：性病的一種。
※63輕粉劫藥：輕粉，是氯化亞汞，粉末色白，用於醫藥。劫藥，在中醫學上，能讓病症迅速減輕、過止病情蔓延發展的藥物。
※64劈著：自我主見、判斷。

眉批

◎10：高人。（無礙居士）

新衣數套，親筆作書緘封停當，差老家人王安齎去，迎接丈夫。分付道：「我如今便與馬相公援例入監，請馬相公到此讀書應舉，不可遲滯。」王安到龍興寺，見了長老，問：「福建馬相公何在？」長老道：「我這裡只有個鈍秀才，並沒有什麼馬相公。」王安道：「就是了，煩引相見。」和尚引到大悲閣下，指道：「傍邊桌上寫經的，不是鈍秀才？」王安在家時，曾見過馬德稱幾次。今日雖然藍縷，如何不認得？一見德稱，便跪下磕頭。馬德稱卻在貧賤患難之中，不料有此，一時想不起來。慌忙扶住，問道：「足下何人？」王安道：「小的是將樂縣黃家，奉小姐之命，特來迎接相公。小姐有書在此。」德稱便問。「你小姐嫁歸何宅？」王安道：「小姐守志至今，誓不改適。因家相公近故，小姐親到京中，來訪相公，要與相公援例北雍。請相公早辦行期。」德稱方纔開緘而看，原來是一首詩。詩曰：

何事蕭郎戀遠遊？應知烏帽未籠頭。
圖南自有風雲便，且整雙簫集鳳樓※65。

德稱看罷，微微而笑。王安獻上衣服、銀兩，且請起程日期。

德稱道：「小姐盛情，我豈不知？只是我有言在先：『若要洞房花燭夜，必須金榜掛名時。』向因貧困，學業久荒。今幸有餘貲，可供燈

✦明代宗景泰皇帝。

火之費，且待明年秋試得意之後，方敢與小姐相見。」王安不敢強逼，求賜回書。德稱取寫經餘下的繭絲一幅，答詩四句：

逐逐風塵已厭遊，好音剛喜見伻頭※66。
嫦娥夙有攀花約，莫遣簫聲出鳳樓。

德稱封了詩，付與王安。王安星夜歸京回復了。六媖小姐開詩看畢，歎惜不已。其年，天順爺北狩，遇土木之變※67。皇太后權請郕王攝位，改元景泰。將奸閹王振全家抄沒。凡參劾王振喫虧的，加官賜蔭。黃小姐在寓中得了這個消息，又遣王安到龍興寺報與馬德稱知道。德稱此時雖然借寓僧房，圖書滿案，鮮衣美食，已不似在先了。和尚們曉得是馬公子、馬相公，無不欽敬。其年正是三十二歲，交逢

註

※65且整雙簫集鳳樓：指秦穆公女弄玉公主與蕭史成仙的故事。弄玉嫁善吹簫之蕭史，日就蕭史學簫作鳳鳴，穆公爲作鳳台以居之。後夫妻乘鳳飛天仙去。事見漢劉向《列仙傳》。此處比喻夫妻團聚，鸞鳳和鳴。

※66伻頭：對別家奴僕的敬稱。伻，讀作「崩」。

※67土木之變：明英宗正統十四年（西元一四四九年），英宗聽信宦官王振的建議，率領大軍親征蒙古瓦剌部的首領也先，於土木堡兵敗被俘虜。

好運，正應張鐵口先生推算之語。可見：

萬般皆是命，半點不由人。

德稱正在寺中溫習舊業，又得了王安報信，收拾行囊，別了長老，赴京另尋一寓安歇。黃小姐撥家僮二人伏侍，一應日用供給，絡繹饋送。德稱草成表章，敘先臣馬萬群直言得禍之由，一則為父親乞恩昭雪，一則為自己辨復前程。聖旨倒下：「准復馬萬群原官，仍加三級。馬任復學復廩※68。所抄沒田產，有司追給。」德稱差家童報與小姐知道。黃小姐又差王安送銀兩到德稱寓中，叫他廩例入粟※69。明春就考了監元※70，至秋發魁。就於寓中整備喜筵，與黃小姐成親。來春又中了第十名會魁※71，殿試二甲，考選庶吉士。上表給假還鄉，焚黃※72謁墓。聖旨准了。夫妻衣錦還鄉，府縣官員出廓迎接，往年抄沒田宅，俱用官價贖還，造冊交割，分毫不少。賓朋一向疏失者，此日奔走其

◆馬任夫妻衣錦還鄉，府縣官員出廓迎接。（古版畫，選自《今古奇觀》明末吳郡寶翰樓刊本。）

門如市。只有顧祥一人自覺羞慚，遷往他郡去訖。時張鐵口先生尚在，聞知馬公子得第榮歸，特來拜賀。德稱厚贈之而去。後來馬任直做到禮、兵、刑三部尚書，六媖小姐封一品夫人。所生二子，俱中甲科※73，簪纓不絕。至今延平府人，說讀書人不得第者，把「鈍秀才」為比。後人有詩歎云：

十年落魄少知音，一日風雲得稱心。
秋菊春桃時各有，何須海底去撈針。

註

※68復廩：恢復秀才與廩生的資格。參考李平校注，《今古奇觀》，三民書局出版。
※69廩例入粟：以廩生的資格按照慣例捐錢換取國子監生的身份，以便參加北京的鄉試。入粟，捐錢給官府，換取官職。
※70監元：國子監考試的第一名。參考李平校注，《今古奇觀》，三民書局出版。
※71會魁：古代科舉制度，五經考試各取每經的第一名合爲前五名，後因分房閱卷的關係，實際不止五名。
※72焚黃：古代新上任的官員承受朝廷恩典，祭祖掃墓，告文用黃紙書寫，祭祀完畢就焚燒。
※73甲科：明清以後進士的通稱。

第二十三卷　蔣興哥重會珍珠衫

仕至千鍾非貴，年過七十常稀。浮名身後有誰知？萬事空花遊戲。　休逞少年狂蕩，莫貪花酒便宜。脫離煩惱是和非。隨分安閒得意。

這首詞名為《西江月》，是勸人安分守己、隨緣作樂，莫為酒、色、財、氣四字損卻精神，虧了行止※1。求快活時非快活，得便宜處失便宜。說起那四字中，總到不得那「色」字利害：眼是情媒，心為慾種，起手時牽腸掛肚，過後去喪魄消魂。假如牆花路柳，偶然適興，無損於事；若是生心設計，敗俗傷風，只圖自己一時歡樂，卻不顧他人的百年恩義。假如你有嬌妻愛妾，別人調戲上了，你心下如何？古人有四句道得好：

人心不可昧，天道不差移。
我不淫人婦，人不淫我妻。

明代的百姓夫婦畫像。

看官，則今日聽我說《珍珠衫》這套詞話※2，可見果報不爽，好教少年子弟做個榜樣。話中單表一人，姓蔣名德，小字興哥。乃湖廣※3襄陽府棗陽縣人氏。父親叫做蔣世澤，從小走熟廣東做客買賣。因為喪了妻房羅氏，止遺下這興哥，年方九歲，別無男女。這蔣世澤割捨不下，又絕不得廣東的衣食道路，千思百計，無可奈何，只得帶那九歲的孩子同行作伴，就教他學些乖巧。這孩子雖則年小，生得：

眉清目秀，齒白唇紅。行步端莊，言辭敏捷。聰明賽過讀書家，伶俐不輸長大漢。人人喚做粉孩兒，個個羨他無價寶。

蔣世澤怕人妒忌，一路上不說是嫡親兒子，只說是內姪羅小官人。原來羅家也是走廣東的。蔣家只走得一代，羅家倒走過三代了。那邊客店牙行※4，都與羅家世代相識，如自己親眷一般。這蔣世澤做客起頭，也還是丈人羅公領他走起的。

註

※1行止：行爲舉止，此處引申爲品行節操。
※2詞話：宋、元以後民間流傳的一種講唱文學，敘說故事時夾雜一段韻文詠唱。
※3湖廣：湖南、湖北兩省。
※4牙行：代客人採買或販售貨品，從中抽取佣金的店鋪或個人。

因羅家近來屢次遭了屈官司，家道消乏※5，好幾年不曾走動。這些客店牙行，見了蔣世澤，那一個不動問羅家消息。好生牽掛。今番見蔣世澤帶個孩子到來，問知是羅家小官人，且是生得十分清秀，應對聰明，想著他祖父三輩交情，如今又是第四輩了，那一個不歡喜。

閒話休題。卻說蔣興哥跟隨父親做客，走了幾遍，學得伶俐乖巧，生意行中百般都會。父親也喜不自勝。何期到一十七歲上，父親一病身亡。且喜剛在家中，還不做客途之鬼。興哥哭了一場，免不得揩乾淚眼，整理大事，殯殮之外，做些功德超度，自不必說。七七四十九日內，內外宗親，都來弔孝。本縣有個王公，正是興哥的新岳丈，也來上門祭奠，少不得蔣門親戚陪侍。敘話中間，說起興哥少年老成，這般大事，虧他獨立支持。因話隨話間，就有人攛掇道：「王老親翁，如今令愛也長成了，何不乘凶完配，教他夫妻作伴，也好過日。」王公未肯應承，當日相別去了。眾親戚等安葬事畢，又去攛掇興哥。興哥初時也不肯，卻被攛掇了幾番，自想孤身無伴，落得應允。央原媒往王家去說。王公只是推辭，說道：「我家也要備些薄薄妝奩，一時如何來得？況且孝未期年※6，於禮有礙。便要成親，且待小祥※7之後再議。」媒人回話，興哥見他說得正理，也不

清代畫家徐揚所畫《姑蘇繁華圖》描繪婚禮中新郎、新娘拜堂的過程。

相強。

光陰如箭，不覺週年已到。興哥祭過了父親靈位，換去粗麻衣服，再央媒人王家去說，方纔依允。不隔幾日，六禮完備，娶了新婦進門。有《西江月》為證：

孝幕翻成紅幕，色衣換去麻衣。畫樓結彩燭光輝，合巹花筵齊備。

卻羨妝奩富盛，難求麗色嬌妻。今宵雲雨足歡娛，來日人稱恭喜。

說這新婦是王公最幼之女，小名喚做三大兒。因他是七月七日生的，又喚做三巧兒。王公先前嫁過的兩個女兒，都是出色標致的。棗陽縣中，人人稱羡，造出四句口號，道是：

天下婦人多，王家美色寡。

有人娶著他，勝似爲駙馬。

註

※5家道消乏：耗費家產，導致生活拮据。

※6期年：一周年。依據《中華民國教育部重編國語辭典修訂本》解釋。

※7小祥：古人在父母過世後一周年時舉行的祭祀。

常言道：「做買賣不著只一時，討老婆不著是一世。」若干官宦大戶人家，單揀門戶相當，或是貪他嫁資豐厚，不分皂白，定了親事。後來娶下一房奇醜的媳婦。十親九眷，面前出來相見，做公婆的好沒意思。又且丈夫心下不喜，未免私房走野※8。偏是醜婦極會管老公。若是一般見識的，便要反目；若使顧惜體面，讓他一兩遍，他就做大起來。有此數般不妙，所以蔣世澤聞知王公慣和得好女兒，從小便送過財禮定下他幼女與兒子為婚。今日娶過門來，果然嬌姿艷質。說起來比他兩個姐兒加倍標致。正是：

吳宮西子不如，楚國南威※9難賽。
若比水月觀音，一樣燒香禮拜。

蔣興哥人才本自齊整，又娶得這房美色的渾家※10，分明是一對玉人，良工琢就。男歡女愛，比別個夫妻，更勝一分。三朝之後，依先換了些淺色衣服，只推制中※11，不與外事，專在樓上與渾家成雙捉對，朝暮取樂。真個行坐

清赫達資繪製的西施圖，出自於《畫麗珠萃秀》。

不離，夢魂作伴。自古「苦日難熬，歡時易過」。暑往寒來，早已孝服完滿，起靈除孝，不在話下。

興哥一日間，想起父親存日廣東生理。如今擔擱※12三年有餘了，那邊還放下許多客帳，不曾取得。夜間與渾家商議，欲要去走一遭。渾家初時也答應道：「該去。」後來說到許多路程，恩愛夫妻，何忍分離？不覺兩淚交流。興哥也自割捨不得，兩下悽慘一場，又丟開了。如此已非一次。◎1

光陰荏苒，不覺又捱過了二年。那時興哥決意要行。瞞過了渾家，在外面暗暗收拾行李，揀了個上吉的日期，五日前方對渾家說知。道：「常言坐喫山空。我夫妻兩口也要成家立業，終不然抛了這行衣食道路。如今這二月天氣，不寒不煖，不上路更待何時？」渾家料是留他不住了，只得問道：「丈夫，此去幾時可回？」興哥道：「我這番出外，甚不得已，好歹一年便回。寧可第二遍多去幾時罷了。」渾家指著樓前一棵椿樹道：「明年此樹發芽，便盼著官人回也。」說罷，淚下如雨。

註

※8私房走野：在外面與人偷情。
※9南威：即南之威。春秋時晉國的美女，與西施齊名。
※10渾家：妻子。
※11制中：服喪期間。
※12擔擱：耽誤時間。也作「耽擱」。

眉批

◎1：好摹寫。（綠天館主人）

興哥把衣袖替他揩拭，不覺自己眼淚也掛下來。兩下裡怨離惜別，分外恩情，一言難盡。

到第五日，夫婦兩個啼啼哭哭，說了一夜的閒話，索性不睡了。五更時分，興哥便起身收拾，將祖遺下的珍珠細軟都交付與渾家收管。自己只帶得本錢銀兩、帳目底本，及隨身衣服鋪陳※13之類。又有預備下送禮的人事※14，都裝疊得停當。原有兩房家人，只帶一個後生些的去，留一個老成的在家，聽渾家使喚，買辦日用。兩個婆娘，專管廚下。又有兩個丫頭，一個叫晴雲，一個叫煖雪，專在樓中伏侍，不許遠離。分付停當，又對渾家說道：「娘子耐心度日。地方輕薄子弟不少，你又生得美貌，莫在門前窺瞰，招風攬火。」渾家道：「官人放心。早去早回。」兩下掩淚而別。正是：

世上萬般哀苦事，無非死別與生離。

興哥上路，心中只想著渾家，整日的不偢不※15。不只一日，到了廣東地方，下了客

明代佛教壁畫中的水月觀音像。

店。這夥舊時相識，都來會面。興哥送了些人事，排家※16的治酒接風，一連半月二十日不得空閒。興哥在家時，原是淘虛了的身子。一路受些勞碌，到此未免飲食不節，得了個瘧疾。一夏不好，秋間轉成水痢，每日請醫切脈，服藥調治。直延到痢盡，方得安痊，把買賣都擔擱了，眼見得一年回去不成。正是：

只爲蠅頭微利，拋卻鴛被良緣。

興哥雖然想家，到得日久，索性把念頭放慢了。

不題興哥做客之事，且說這裡渾家王三巧兒，自從那日丈夫分付了，果然數月之內，目不窺戶，足不下樓。光陰似箭，不覺殘年將盡，家家戶戶，鬧轟轟的煖火盆※17，放爆竹、喫合家歡耍子。三巧兒觸景傷情，思想丈夫，這一夜好生淒楚。正合古人的四句詩，道是：

註

※13鋪陳：外出攜帶的棉被墊褥等寢具。
※14人事：送人的禮物。
※15不偢不　：對所有事情都漠不關心，不予理會。偢，讀作「醜」。
※16排家：逐門逐戶。
※17煖火盆：古代除夕民間習俗，在庭院中架起松柏樹枝，點火焚燒，意寓興旺。

臘盡愁難盡，春歸人未歸。
朝來添寂寞，不肯試新衣。

明日正月初一日，是個歲朝※18。晴雲、煖雪兩個丫頭，一力勸主母在前樓去看看街坊景象。原來蔣家住宅，前後通連的兩帶樓房，第一帶臨著大街，第二帶方做臥室。三巧兒閒常只在第二帶中坐臥。這一日被丫頭們攛掇不過，只得從邊廂裡走過前樓，分付推開窗子，把簾兒放下，三巧兒在簾內觀看。這日街坊上好不鬧雜。三巧兒道：「多少東西行走的人，偏沒個賣卦先生在內；若有時，喚他來卜問官人消息也好。」晴雲道：「今日是歲朝，人人要閒耍的，那個出來賣卦？」煖雪道：「娘限在我兩個身上，五日內包喚一個來占卦便了。」到初四日早飯過後，煖雪下樓小解，忽聽得街上噹噹敲響。這件東西叫做「報君知」※19，是瞎子賣卦的行頭。煖雪等不及解完，慌忙撿了褲腰跑出門外，叫住了瞎先生，撥轉腳頭，一口氣跑上樓來，報知主母。三巧兒分付喚在樓下坐啟※20內坐著。討他課錢※21，通陳※22過了，走下樓梯，聽他剖斷。那瞎先生占成一卦，問是何用？那時，廚下兩個婆娘聽得熱鬧，也都跑將來了，替主母傳語

明陳洪綬繪製賞梅的女子像。

道：「這卦是問行人的。」瞎先生道：「可是妻問夫麼？」婆娘道：「正是。」先生道：「青龍治世，財爻發動。若是妻問夫，行人在半途。金帛千箱有，風波一點無。◎2青龍屬木，木旺於春，立春前後已動身了。月盡月初，必然回家。更兼十分財采。」三巧兒叫買辦的把三分銀子打發他去，歡天喜地上樓去了。真所謂「望梅止渴，畫餅充饑」。

大凡人不做指望，倒也不在心上；一做指望，便癡心妄想，時刻難過。三巧兒只為信了賣卦先生之語，一心只想丈夫回來，從此時常走向前樓，在簾內東張西望。直到二月初旬，椿樹發芽，不見些兒動靜。三巧兒思想丈夫臨行之約，愈加心慌，一日幾遍，向外探望。也是合當有事，遇著這個俊俏後生。正是：

有緣千里能相會，無緣對面不相逢。

註

※18歲朝：農曆一月一日。
※19報君知：算命的盲人手裡拿的圓銅片，用小鎚敲擊，以報人知。
※20坐啓：也稱「坐起」。屋裡裝修的隔間，此處作招待客人之用的小客廳。
※21課錢：占卜時用作卜具的錢。依據《漢語大辭典》。
※22通陳：禱告、祝禱、祈禱。

眉批

◎2：算命起課的誤人不淺。（綠天館主人）

這個俊俏後生是誰？原來不是本地，是徽州新安縣人氏，姓陳，名商，小名叫做大喜哥，後來改呼為「大郎」。年方二十四歲，且是生得一表人物。雖勝不得宋玉※23、潘安※24，也不在兩人之下。這大郎也是父母雙亡，湊了二三千金本錢，來走襄陽販糴※25些米荳之類，每年常走一遍。他下處自在城外，偶然這日進城來，要到大市街汪朝奉※26典鋪中問個家信。那典鋪正在蔣家對門，因此經過。你道怎生打扮？頭上帶一頂蘇樣的百柱鬃帽，身上穿一件魚肚白的湖紗道袍，又恰好與蔣興哥平昔穿著相像。三巧兒遠遠瞧見，只道是他丈夫回了，揭開簾子定睛而看。陳大郎抬頭，望見樓上一個年少的美婦人目不轉睛的，只道心上歡喜了他，也對著樓上丟個眼色。誰知兩個都錯認了。三巧兒見不是丈夫，羞得兩頰通紅，忙忙把窗兒拽轉，跑在後樓，靠著牀沿上坐地，兀自心頭突突的跳一個不住。◎3誰知陳大郎的一片精魂早被婦人眼光兒攝上去了。回到下處，心心念念的放他不下，肚裡想道：「家中妻子雖是有些顏色，怎比得婦人一

陳大郎抬頭，望見樓上一個年少的美婦人目不轉睛的，只道心上歡喜了他，也對著樓上丟個眼色。（古版畫，選自《今古奇觀》明末吳郡寶翰樓刊本）

半？欲待通個情款，爭奈無門可入。若得謀他一宿，就消花這些本錢，也不枉為人在世。」歎了幾口氣，忽然想起：「大市街東巷，有個賣珠子的薛婆，曾與他做過交易。這婆子能言快語，況且日逐串街走巷，那一家不認得？須是與他商議，定有道理。」

這一夜翻來覆去，勉強過了。次日起個清早，只推有事，討些涼水梳洗，取了一百兩銀子、兩大錠金子，急急的跑進城來。這叫做：

欲求生受用，須下死工夫。

陳大郎進城，一逕來到大市街東巷，去敲那薛婆的門。薛婆蓬著頭，正在天井裡揀珠子。聽得敲門，一頭收了珠包，一頭問道：「是誰？」纔聽說出「徽州陳」三字，慌忙開門請進道：「老身未曾梳洗，不敢為禮了。大官人起得好早。有何貴

註

※23宋玉：約生於周赧王二十五年，卒於楚亡之年。戰國時楚人，辭賦家。曾爲楚頃襄王大夫。傳說他才華洋溢，長相俊美，便成爲美男子的代稱。
※24潘安：晉代潘岳生得俊美，故後世形容美男子，多以潘安代稱。
※25糴：買進穀物。依據《教育部異體字字典》。
※26朝奉：此指富豪、富翁。

眉批

◎3：絕似河間婦初景。（綠天館主人）

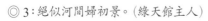

幹？」陳大郎道：「特特而來。若遲時怕不相遇。」薛婆道：「可是作成老身出脫[27]些珍珠首飾麼？」陳大郎道：「珠子也要買，還有大買賣作成你。」薛婆道：「老身除了這一行貨，其餘都不熟慣。」陳大郎道：「這裡可說得話麼？」薛婆便把大門關上，請他到小閣中坐著問道：「大官人有何分付？」大郎見四下無人，便向衣袖裡摸出銀子，解開布包，攤在桌上道：「這一百兩白銀，乾娘收過了，方纔敢說。」婆子不知高低，那裡肯受。大郎道：「莫非嫌少？」慌忙又取出黃燦燦的兩錠金子，也放在桌上道：「這十兩金子，一併奉納。若乾娘再不收時，便是故意推託了。今日是我來尋你，非是你來求我。只為這樁大買賣，不是老娘成不得，所以特地相求。便說做不成時，這金銀你只管受用；終不然我又來取討，日後再沒相會的時節了。我陳商不是恁般小樣[28]的人。」看官，你說從來做牙婆[29]的，那個不貪錢鈔？見了這般黃白之物，如何不動火[30]？薛婆當時滿臉堆下笑來，便道：「大官人休得錯怪，老身一生不曾要別人一厘一毫不明不白的錢財。今日既承大官人分付，老身權且留下。若是不能效勞，依舊奉納。」說罷，將金錠放銀

✦明代的金錠，上刻有「萬曆四十六年戶部進到大興縣鋪戶嚴洪等買完」等字。（圖片攝影、來源：章士釗）

包內，一齊包起，叫聲：「老身大膽了。」拿向臥房中藏過，忙踅出來道：「大官人，老身且不敢稱謝。你且說甚麼買賣，用著老身之處？」大郎道：「急切要尋一件救命之寶，是處都無，只大市街一家人家方有，特央乾娘去借借◎4。」婆子笑將起來道：「又是作怪！老身在這條巷住過二十多年，不曾聞大市街有甚救命之寶。大官人你說，有寶的還是誰家？」大郎道：「敝鄉里汪三朝奉典鋪對門高樓子內是何人之宅？」婆子想了一回道：「這是本地蔣興哥家裡。他男子出外做客，一年多了，止有女眷在家。」大郎道：「我這救命之寶，正要問他女眷借借。」便把椅兒掇近了婆子身邊，向他訴出心腹，如此如此。婆子聽罷，連忙搖首道：「此事大難。蔣興哥新娶這房娘子，不上四年。夫妻兩個，如魚似水，寸步不離。如今沒奈何出去了，這小娘子足不下樓，甚是貞節。因興哥做人有些古怪，容易嗔嫌◎5，老身輩從不曾上他的階頭，連這小娘子面長面短，老身還不認得，如何應承得此事？方纔所賜，是老身薄福，受用不成了。」陳大郎聽說，慌忙雙膝跪下。婆子去扯他時，被他兩手拿住衣袖，緊緊按定在椅上，動彈不得，口裡說：「我陳商

註

※27出脫：售出、脫手。
※28恁般小樣：這麼吝嗇。
※29牙婆：以介紹人口買賣為職業的婦人。
※30動火：勾引起心中貪欲。

眉批

◎4：乾娘倒是救命之媒。（綠天館主人）
◎5：怪不得他嗔嫌。（綠天館主人）

這條性命，都在乾娘身上，你是必思量個妙計，作成我入馬※31，救我殘生。事成之日，再有白金百兩相酬※32；若是推阻，即今便是個死。」慌得婆子沒理會處，連聲應道：「是，是，莫要折殺老身！大官人請起。老身有話講。」陳大郎方纔起身，拱手道：「有何妙策？作速見教。」薛婆道：「此事須從容圖之，只要成就，莫論歲月。若是限時限日，老身決難奉命。」陳大郎道：「若果然成就，便遲幾日何妨？只是計將安出？」薛婆道：「明日不可太早，不可太遲，早飯後，相約在汪三朝奉典鋪中相會。大官人可多帶銀兩，只說與老身做買賣，其間自有道理。若是老身這兩隻腳跨進得蔣家的門時，便是大官人的造化。大官人便可急回下處，莫在他門首盤桓，被人識破，誤了大事。討得三分機會，老身自來回覆。」陳大郎道：「謹依尊命。」唱了個肥喏※33，欣然開門而去。正是：

未曾滅項興劉，先見築壇拜將。

當日無話。到次日，陳大郎穿了一身齊整衣服，取上三四百兩銀子，放在個大皮匣內，喚小郎背著，跟隨到大市街汪家典鋪來。瞧見對門樓窗緊閉，料是婦人不在，便與管典的※34拱了手，討個木

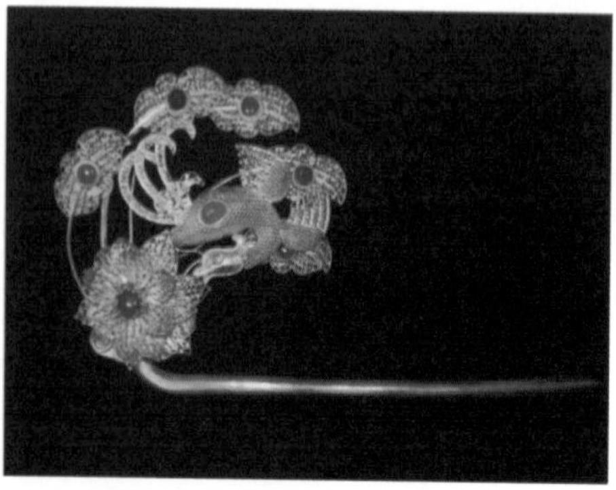

✦明代的寶石鑲嵌銀鍍金髮夾首飾。

櫈兒坐在門前，向東而望。不多時，只見薛婆抱著一個篾絲箱兒來了。陳大郎喚住問道：「箱內何物？」薛婆道：「珠寶首飾。大官人可用麼？」大郎道：「我正要買。」薛婆進了典鋪，與管典的相見了，叫聲「聒噪」※35，便把箱兒打開。內中有十來包珠子，又有幾個小匣兒，都盛著新樣簇花點翠的首飾，奇巧動人，光燦奪目。陳大郎揀幾串極粗極白的珠子，和著些簪珥※36之類，做一堆兒放著道：「這些我都要了。」婆子便把眼兒瞅著，說道：「大官人要用時儘用，只怕不肯出這樣大價錢。」陳大郎已自會意，開了皮匣，把這些銀兩白華華的攤做一抬，高聲叫道：「有這些銀子，難道買你的貨不起？」此時，鄰舍的閒漢已自走過七八個人，在鋪前站著看了。婆子道：「老身取笑，豈敢小覷大官人？這銀兩須要仔細，請收過了，只要還得價錢公道便好。」兩下一邊的討價多，一邊的還錢少，差得天高地遠。那討價的一口不移，這裡陳大郎拿著東西又不放手，又不增添，故意走出屋

註

※31入馬：勾搭上女人。馬，指女人。
※32酹：讀作「類」。原作以酒灑地祭祀鬼神，此指酬謝。
※33唱肥喏：作揖時鞠躬較深且口中稱謝，表示對對方的敬重。
※34管典的：當鋪僱用的店員。
※35聒噪：打擾，有致謝的含意。參考李平校注，《今古奇觀》，三民書局出版。
※36簪珥：頭簪和耳環，泛指首飾。

篸，件件的翻覆認看，言真道假，掂斤估兩※37的在日光中炫耀。惹得一市人都來觀看，不住聲的有人喝彩。婆子亂嚷道：「買便買，不買便罷！只管擔擱人則甚？」陳大郎道：「怎麼不買？」兩個又論了一番價。正是：

只因酬價爭錢口，驚動如花似玉人。

王三巧兒聽得對門喧嚷，不覺移步前樓，推窗偷看。只見珠光閃爍，寶色輝煌，甚是可愛。又見婆子與客人爭價不定，便分付丫鬟：「去喚那婆子，借他東西看看。」◎6晴雲領命，走過街去，把薛婆衣袂一扯道：「我家娘請你。」婆子故意問道：「是誰家？」晴雲道：「對門蔣家。」婆子把珍珠之類劈手奪將過來，忙忙的包了道：「老身沒有許多空閒與你歪纏。」陳大郎道：「再添些賣了罷。」婆子道：「不賣，不賣。像你這樣價錢，老身賣去多時了。」一頭說，一頭放入箱兒裡，依先關鎖了，抱著便走。晴雲道：「我替你老人家拿罷。」婆子道：「不消。」頭也不回，逕到

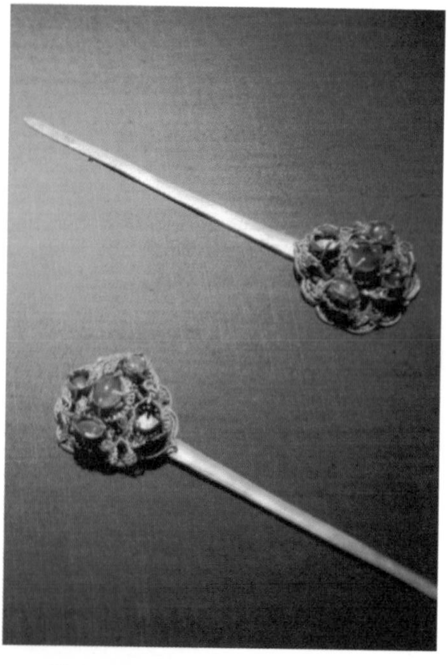

✦明代的金髮夾。

對門去了。陳大郎心中暗喜，也收拾銀兩，別了管典的，自回下處。正是：

眼望捷旌旗，耳聽好消息。

晴雲引薛婆上樓，與三巧兒相見了。婆子看那婦人，心下想道：「真天人也！怪不得陳大郎心迷。若我做男子，也要渾※38了。」當下說道：「老身久聞大娘賢慧，但恨無緣拜識。」三巧兒問道：「你老人家尊姓？」婆子道：「老身姓薛，只在這裡東巷住，與大娘也是個鄰里。」三巧兒道：「你方纔這些東西，如何不賣？」婆子笑道：「若不賣時，老身又拿出來怎的？只笑那下路客人，空自一表人才，不識貨物。」說罷，便去開了箱兒，取出幾件簪珥，遞與那婦人看，叫道：「大娘，你道這樣首飾，便工錢也費多少！他們還得忒不像樣，教老身在主人家面前，如何告得許多消乏※39。」又把幾串珠子提將進來道：「這般頭號的貨，他們還做夢哩！」三巧兒問了他討價還價，便道：「真個虧你些兒。」婆子道：「還

註

※37掂斤估兩：估算重量。
※38渾：此指深深吸引。
※39消乏：虧本、賠錢。

眉批

◎6：不見可欲，使心不亂。婆子妙算，不得不墮其術中。（綠天館主人）

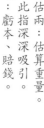

是大家寶眷見多識廣，比男子漢眼力倒勝十倍。」三巧兒喚丫鬟看茶。婆子道：「不擾茶了。老身有件要緊的事，欲往西街走走，遇著這個客人，纏了多時。正是『買賣不成，耽誤工程』。這箱兒連鎖放在這裡，權煩大娘收拾，老身暫去，少停就來。」說罷便走。三巧兒叫晴雲送他下樓，出門向西去了。

三巧兒心上愛了這幾件東西，專等婆子到來酬價，一連五日不至。到第六日午後，忽然下一場大雨。雨聲未絕，閛閛的敲門聲響。三巧兒喚丫鬟開看，只見薛婆衣衫半濕，提個破傘進來，口裡道：「晴乾不肯走，直待雨淋頭。」把傘兒放在樓梯邊，走上樓來萬福道：「大娘，前晚失信了。」三巧兒慌忙答禮道：「這幾日在那裡去了？」婆子道：「小女託賴，新添了個外孫，老身去看看，留住了幾日，今早方回。半路上下起雨來，在一個相識人家，借得把傘，又是破的，卻不是晦氣！」三巧兒道：「你老人家幾個兒女？」婆子道：「只一個兒子，完婚過了。女兒倒有四個，這是我第四個了，嫁與徽州※40朱八朝奉做偏房，就是這北門外開鹽店的。」三巧兒道：「你老人家女兒多，不把來當事了。本鄉本土少什麼一夫一婦的，怎捨得與異鄉人做妾？」婆子道：「大娘不知，倒是異鄉人有情懷。雖則偏房，他大娘子只在

明代的耳環。（圖片攝影、來源：三獵）

家裡。小女自在店中，呼奴使婢，一般受用。老身每過去時，他當個尊長看待，更不怠慢。如今養了個兒子，愈加好了。」三巧兒道：「也是你老人家造化，嫁得著。」說罷，恰好晴雲取茶上來，兩個喫了。婆子道：「今日雨天沒事，老身大膽，敢求大娘的首飾一看，看些巧樣兒在肚裡也好。」三巧兒道：「也只是平常生活，你老人家莫笑話。」就取一把鑰匙開了箱籠，陸續搬出許多釵鈿纓絡之類。薛婆看了，誇美不盡道：「大娘有恁般珍異，把老身這幾件東西看不上眼了。」三巧兒道：「好說，我正要與你老人家請個實價。」婆子道：「娘子是識貨的，何消老身費嘴？」三巧兒把東西撿過，取出薛婆的篾絲箱兒來放在桌上，將鑰匙遞與婆子道：「你老人家開了自看個明白。」婆子道：「大娘忒※41精細了。」當下開了箱兒，把東西逐件搬出。三巧兒品評價錢，都不甚遠。婆子並不爭論，歡歡喜喜地道：「恁地，便不枉了人，老身就少賺幾貫錢，也是快活的。」三巧兒道：「只是一件，目下湊不起價錢，只是現奉一半。等待我家官人回來，一併清楚。他也只在這幾日回來。」婆子道：「便遲幾日，也不妨事。只是價錢上相讓多了，銀水要足紋的。」三巧兒道：「這也小事。」便把心愛的幾件首飾及珠子收起，喚晴雲取盃

註

※40徽州：今安徽省黃山市。

※41忒：過分、過甚。通「太」。

現成酒來，與老人家坐坐。婆子道：「造次如何好攪擾？」三巧兒道：「時常清閒，難得你老人家到此作伴扳話※42。你老人家若不嫌怠慢，時常過來走走。」婆子道：「多謝大娘錯愛。老身家裡當不過嘈雜；像宅上又忒清閒了。」三巧兒道：「你兒子做甚生意？」婆子道：「也只是接些珠寶客人，每日的討酒討漿，刮※43的人不耐煩。老身虧殺各宅門走動，在家時少還好。若只在六尺地上轉，怕不躁※44死了人。」三巧兒道：「我家與你相近，不耐煩時，就過來閒話。」◎7婆子道：「只不敢頻頻打攪。」三巧兒道：「老人家說那裡話！」只見兩個丫鬟，輪番的走動，擺了兩副杯筯，兩碗臘雞，兩碗臘肉，兩碗鮮魚，連果碟素菜，共一十六個碗。婆子道：「如何盛設？」三巧兒道：「現成的，休怪怠慢。」說罷，斟酒遞與婆子。婆子將盃回敬，兩下對坐而飲。原來三巧兒酒量儘去得，那婆子又是酒壺酒甕，喫起酒來，一發相投了，只恨會面之晚。那日直喫到傍晚，剛剛雨止。婆子作謝要回，三巧兒又取出大銀鍾來，勸了幾鍾，又陪他喫了晚飯，說道：「你老人家再寬坐一時，我將這一半價錢付你去。」婆子道：「天晚了，大娘請自在，不爭這一夜兒，明日卻來領罷。連這篋絲箱兒，老身也不拿去了，省得路上泥滑滑的不好走。」三巧兒道：「明日專專望你。」婆子作別下樓，取了破傘出門去了。正是：

✦明朝白玉酒杯。

世間只有虔婆嘴，哄動多多少少人。

卻說陳大郎在下處呆等了幾日，並無音信。見這日天雨，料是婆子在家，拖泥帶水的進城來問個消息，又不相值。自家在酒肆※45中吃了三杯，用了些點心，又到薛婆家來打聽，只是未回。看看天晚，卻待轉身，只見婆子一臉春色，腳略斜的走入巷來。陳大郎迎著他作了揖，問道：「所言如何？」婆子搖手道：「尚早！如今方下種，還沒有發芽哩。再隔五六年開花結果，纔到得你口。你莫在此探頭探腦！老身不是管閒事的。」陳大郎見他醉了，只得轉去。

次日，婆子買了些時新果子、鮮雞魚肉之類，喚個廚子安排停當，裝做兩個盒子。又買一甕上好的釃酒※46，央間壁小二挑了，來到蔣家門首。三巧兒這日不見婆子到來，正教晴雲開門出來探望，恰好相遇。婆子教小二挑在樓下，先打發他去

註

※42 扳話：閒話家常。
※43 刮：借作「聒」。吵鬧、喧嘩。
※44 躁：煩悶。
※45 酒肆：賣酒的店鋪。肆，市集的店鋪。
※46 釃酒：醇酒。依據《中華民國教育部重編國語辭典修訂本》解釋。

眉批

◎7：墮其計了。（綠天館主人）

了。晴雲已自報知主母。三巧兒把婆子當個貴客一般，直到樓梯口邊，迎他上去。婆子千恩萬謝的福了一回，便道：「今日老身偶有一盃水酒，將來與大娘消遣。」三巧兒道：「倒要你老人家賠鈔，不當受了。」婆子央兩個丫鬟搬將上來，擺做一桌子。三巧兒道：「你老人家忒迂闊了，恁般大弄起來。」婆子笑道：「小戶人家，備不出甚麼好東西，只發一茶奉獻。」晴雲便去取盃筯，煖雪便吹起水火爐[※47]來。霎時酒煖。婆子道：「今日是老身薄意，還請大娘轉坐客位。」三巧兒道：「雖然相擾，在寒舍豈有此理？」兩下謙讓多時，薛婆只得坐了客席。這是第三次相聚，更覺熟分了。

飲酒中間，婆子問道：「官人出外好多時了，還不回，虧他撇得大娘下。」三巧兒道：「便是。說過一年就轉，不知怎地擔擱了。」婆子道：「依老身說，放下恁般如花似玉的娘子，便博個堆金積玉，也不為罕。」婆子又道：「大凡走江湖的人，把客當家，把家當客。比如我第四個女婿朱八朝奉，有了小女，朝歡暮樂，那裡想家？或三年四年，纔回一遍，住不上一兩個月又來了。家中大娘子替他擔孤受寡，那曉得他外

明代的酒壺（圖片攝影：Hiart）

邊之事？」◎8三巧兒道：「我家官倒不是這樣的人。」婆子道：「老身只當閒話講，怎敢將天比地？」當日兩個猜謎擲色※48，喫得酩酊而別。第三日，同小二來取傢伙，就領這一半價錢。三巧兒又留他喫點心。從此以後，把那一半賒錢為由，只做問興哥的消息，不時行走。這婆子俐齒伶牙，能言快語，又半癡不顛的慣與丫頭們打諢※49，所以上下都歡喜他。三巧兒一日不見他來，便覺寂寞，叫老家人認了薛婆家裡，早晚常去請他。所以一發來得勤了。世間有四種人惹他不得，引起了頭，再不好絕他。是那四種？遊方僧道，乞丐，閒漢，牙婆。上三種人猶可，只有牙婆是穿房入戶的，女眷們怕冷靜時，十個九個倒要扳他來往。今日薛婆本是個不善之人，一般甜言軟語，三巧兒遂與他成了至交，時刻少他不得。正是：

畫虎畫皮難畫骨，知人知面不知心。

陳大郎幾遍討個消息，薛婆只回言尚早。其時五月中旬，天漸炎熱。婆子在

註

※47水火爐：用來溫酒的小火爐，有銅製或陶製。
※48擲色：擲骰子。色，骰子。
※49打諢：說些玩笑話。諢，讀作「混」。

眉批

◎8：按下說詞，字字眞切。（綠天館主人）

三巧兒面前偶說起家中蝸窄，又是朝西房子，夏月最不相宜，不比這樓上高敞風涼。三巧兒道：「你老人家若撇得家下，到此過夜也好。」婆子道：「好是好，只怕官人回來。」三巧兒道：「他就回，料道不是半夜三更。」婆子道：「大娘不嫌蒿惱，老身慣是掗相知※50的。只今晚就取鋪陳過來，與大娘做伴何如？」三巧兒道：「鋪陳儘有，也不須拿得。你老人家回覆家裡一聲，索性在此過了一夏家去不好？」婆子真個對家裡兒子媳婦說了，只帶個梳匣兒過來。三巧兒道：「你老人家多事，難道我家油梳子也缺少，你又帶來怎地？」婆子道：「老身一生怕的是同湯洗臉、合具梳頭。大娘怕沒有精緻的梳具，老身如何敢用？其他姐兒們的，老身也怕用得，還是自家帶了便當。只是大娘分付在那一間房安歇？」三巧兒指著牀前一個小小藤榻兒道：「我預先安排下你的臥處了。我兩個親近些，夜間睡不著，好講些閒話。」說罷，拿出一頂青紗帳來，教婆子自家掛了。又同飲了一會酒，方纔歇息。兩個丫鬟原在牀前打鋪相伴，因有了婆子，打發他們在間壁房裡去睡。從此為始，婆子日間出去串街做買賣，黑夜到蔣家歇宿，時常攜壺挈盒的殷勤熱鬧，不一而足。牀榻是丁字樣鋪下的，雖隔著帳子，卻像是一頭同睡。夜間絮絮叨叨，你問我答。凡街坊穢褻之談，無所不至。這婆子或時裝醉詐瘋起來，倒說起自家少年時偷漢的許多情事，去勾動那婦人的春心。害得那婦人嬌滴滴一副嫩

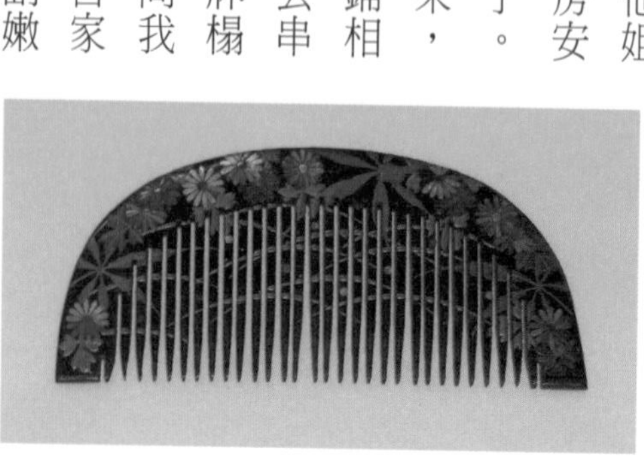

木製梳子。（圖片攝影、來源：Kayopos）

臉，紅了又白，白了又紅。婆子已知婦人心活，只是那話兒不好啟齒。

光陰迅速，又到七月初七日了。正是三巧兒的生日。婆子清早備下兩盒禮與他做生。三巧兒稱謝了，留他喫麪※51。婆子道：「老身今日有些窮忙，晚上來陪大娘看牛郎織女做親。」說罷自去了。下得階頭不幾步，正遇著陳大郎，路上不好講話，隨到個僻靜巷裡。陳大郎攢著兩眉埋怨婆子道：「乾娘，你好慢心腸！春去夏來，如今又已立過秋了。你今日也說尚早，明日也說尚早，卻不知我度日如年。再延捱幾日，他丈夫回來，此事便付東流，卻不活活的害死我也！陰司裡去，少不得與你索命。」婆子道：「你且莫喉急※52。老身正要相請，來得恰好。事成不成，只在今晚，須是依我而行。如此如此，這般這般，全要輕輕悄悄，莫帶累人。」陳大郎點頭道：「好計，好計！事成之後，定當厚報。」說罷欣然而去。正是：

排成竊玉偷香陣，費盡攜雲握雨心。

卻說薛婆約定陳大郎這晚成事。午後細雨微茫，到晚卻沒有星月。婆子黑暗

註

※50 挜相知：主動與人攀交情，當成是熟識的朋友。挜，讀作「訝」。
※51 麪：同今麵字，是麵的異體字。
※52 喉急：著急。

裡引著陳大郎埋伏在左近，自己卻去敲門。晴雲點個紙燈兒，開門出來。婆子故意將衣袖一摸，說道：「失落了一條臨清汗巾兒，姐姐，勞你大家尋一尋。」哄得晴雲便把燈兒向街上照去。這裡婆子捉個空，招著陳大郎一溜溜進門了，先引他在樓梯背後空處伏著。◎9婆子便叫道：「有了！不要尋了。」晴雲道：「恰好火也沒了，我再去點個來照你。」婆子道：「走熟的路，不消用火。」兩個黑暗裡關了門摸上樓來。三巧兒問道：「你沒了什麼東西？」婆子袖裡扯出個小帕兒來道：「就是這個冤家。雖然不值甚錢，是一個北京客人送我的，卻不道禮輕人意重。」三巧兒取笑道：「莫非是你老相交送的表記※53？」婆子笑道：「也差不多。」當夜兩個耍笑飲酒。婆子道：「酒肴儘多，何不把些賞廚下男女，也教他鬧轟轟像個節夜。」三巧兒真個把四碗菜兩壺酒，分付丫鬟拿下樓去。那兩個婆娘一個漢子喫了一回，各去歇息不題。

再說婆子飲酒中間問道：「官人如何還不回家？」三巧兒道：「便是，算來一年半了。」婆子道：「牛郎織女，也是一年一會。你比他倒多隔了半年。常言道：

明代式樣的榻，（圖片攝影、來源：Gisling ）

『一品官，二品客。』做客的那一處沒有風花雪月？只苦得家中娘子。」三巧兒歎了口氣，低頭不語。婆子道：「是老身多嘴了。今夜牛女佳期，只該飲酒作樂，不該說傷情話兒。」說罷，便斟酒去勸那婦人。約莫半酣，婆子又把酒去勸兩個丫鬟說道：「這是牛郎織女的喜酒，勸你多喫幾杯，後日嫁個恩愛的老公，寸步不離。」兩個丫鬟被纏不過，勉強喫了，各不勝酒力，東倒西歪。三巧兒分付關了樓門，發放他先睡。他兩個自在喫酒。

婆子一頭喫，口裡不住的說囉說皂道：「大娘幾歲上嫁的？」三巧兒道：「十七歲。」婆子道：「破得身遲，還不喫虧。我是十三歲上就破了身。」三巧兒道：「嫁得恁般早？」婆子道：「論起嫁，倒是十八歲了。不瞞大娘說，因是在間壁人家學針指，被他家小官人調誘，一時間貪他生得俊俏，就應承與他偷了。初時好不疼痛，兩三遍後，就曉得快活。大娘你可也是這般麼？」三巧兒只是笑。婆子又道：「那話兒倒是不曉得滋味的好，嘗過的便丟不下，心坎裡時時發癢。日裡還好，夜間好難過哩。」三巧兒道：「想你在娘家時閱人多矣，虧你怎生充得黃花女兒嫁去？」婆子道：「我的老娘也曉得些影像※54，生怕出醜，教我一個童女方：

註

※53表記：信物，紀念品。此指定情信物。依據《中華民國教育部重編國語辭典修訂本》與《漢語大辭典》解釋。

眉批

◎9：步步精細，薛婆盡可用兵。（綠天館主人）

用石榴皮、生礬兩味煎湯洗過，那東西就痢緊了。我只做張做勢的叫疼痛，就遮過了。」三巧兒道：「你做女兒時，夜間也少不得獨睡。」婆子道：「還記得在娘家時節，哥哥出外，我與嫂嫂一頭同睡。兩下輪番在肚子上學男子漢的行事。」三巧兒道：「兩個女人做對，有甚好處？」婆子走過三巧兒那邊，挨肩坐了，說道：「大娘，你不知，只要大家知音，一般有趣，也撒得火。」三巧兒舉手把婆子肩胛上打一下，說道：「我不信，你說謊。」婆子見他慾心已動，有心去挑撥他，又道：「老身今年五十二歲了，夜間常癡性發作，打熬不過，虧得你少年老成。」三巧兒道：「你老人家打熬不過，終不然還去打漢子？」婆子道：「敗花枯柳，如今那個要我了？不瞞大娘說，我也有個自取其樂救急的法兒。」三巧兒道：「你說謊，又是甚麼法兒？」婆子道：「少停到牀上睡了，與你細講。」

說罷，只見一個飛蛾在燈上旋轉。婆子便把扇來一撲，故意撲滅了燈◎10，叫聲：「阿呀！老身自去點個燈來。」便去開樓門。陳大郎已自走上樓梯，伏在門邊多時了。都是婆子預先設下的圈套。婆子道：「忘帶個取燈兒※55。」去了又走轉來，便引著陳大郎到自己榻上伏著。婆子下樓去了一

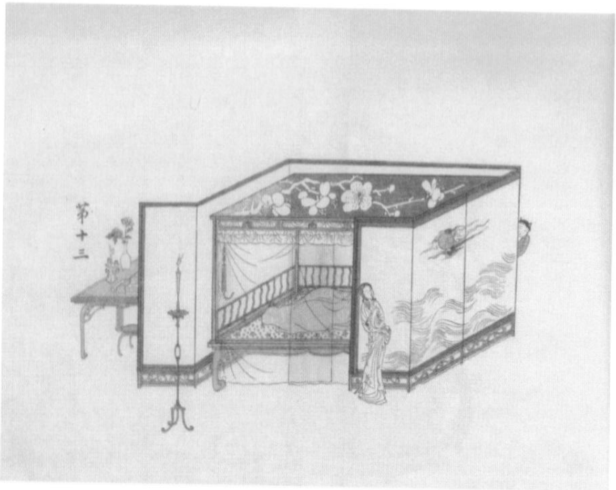

✦明畫家閔齊伋在《西廂記》中繪製的女子閨房插圖。。

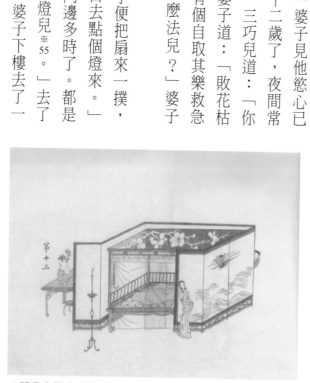

回，復上來道：「夜深了，廚下火種都熄了，怎麼處？」三巧兒道：「我點燈睡慣了，黑魆魆地好不怕人！」婆子道：「老身伴你一牀睡何如？」三巧兒正要問他救急的法兒，應道：「甚好。」婆子道：「大娘你先去睡，我關了門就來。」三巧兒先脫了衣服，牀上去了，叫道：「你老人家快睡罷。」婆子應道：「就來了。」卻在榻上拖陳大郎上來，赤條條的攛※56在三巧兒牀上去。三巧兒摸著身子道：「你老人家許多年紀，身上恁般光滑！」那人並不回言，鑽進被裡，就捧著婦人做嘴。婦人還認是婆子，雙手相抱。那人驀地騰身而上，就幹起事來。那婦人一則多了盃酒，醉眼朦朧；二則被婆子挑撥，春心飄蕩。到此不暇致詳，憑他輕薄。

一個是閨中懷春的少婦；一個是客邸慕色的才郎。一個打熬許久，如文君初遇相如；一個盼望多時，如必正初諧陳女※57。分明久旱逢甘雨，勝過他鄉遇故知。

陳大郎是走過風月場的人，顛鸞倒鳳，曲盡其趣，弄得婦人魂不附體。雲雨

註

※54影像：跡象、端倪。

※55取燈兒：竹片或竹條，頂端塗些許硫黃，用來引火的易燃物，似今之火柴、打火機。

※56攛：讀作「竄」，推。

※57如必正初諧陳女：書生潘必正，到尼庵中借宿讀書，遇見了年輕的女尼陳妙堂。兩人互相愛慕，礙於佛門清規，兩人無法得償所願，但兩人無法忘記對方，私訂終身。此事被尼庵住持得知，逼迫潘必正離開，陳妙堂聽到消息僱船追趕，兩人相逢，最終結爲夫婦。典故出自高濂撰寫的傳奇《玉簪記》。

眉批

◎10：婆子賊智，非常可畏。（綠天館主人）

※58畢後，三巧兒方問道：「你是誰？」陳大郎把樓下相逢、如此相慕，如此苦央薛婆用計，細細說了：「今番得遂平生，便死瞑目。」婆子走到牀間說道：「不是老身大膽；一來可憐大娘青春獨宿；二來要救陳大郎性命。你兩個也是宿世姻緣，非干老身之事。」三巧兒道：「事已如此，萬一我丈夫知覺怎麼好？」婆子道：「此事你知我知，只要定了晴雲、煖雪兩個丫頭，不許他多嘴，再有誰人漏泄？在老身身上。管成你夜夜歡娛，一些事也沒有。只是日後不要忘記了老身。」三巧兒到此，也顧不得許多了。兩個又狂蕩起來，直到五更鼓絕，天色將明，兩個兀自不捨。婆子催促陳大郎起身，送了出門去了。

自此無夜不會，或是婆子同來，或是漢子自來。兩個丫鬟被婆子把甜話兒餵他，又把利害話兒嚇他，又教主母賞他幾件衣服。漢子到時，不時把些零碎銀子賞他們買果兒喫，騙得歡歡喜喜，已自做了一路。夜來明去，一出一入，都是兩個丫鬟迎送，全無阻隔。真個是你貪我愛，如膠似膝，勝如夫婦一般。陳大郎有心要結識這婦人，不時的製辦好衣服、好首飾送他，又替他還了欠下婆子的一半價錢，又將一百兩銀子謝了婆子。往來半年有餘，這漢子約有千金之費；三巧兒也有三十

✦明代的床榻樣式。（圖片攝影、來源：Daderot）

多兩銀子東西，送那婆子。婆子只為圖這些不義之財，所以肯做牽頭，這都不在話下。

古人云：「天下無不散的筵席。」纔過十五元宵夜，又是清明三月天。陳大郎思想：蹉跎了多時生意，要得還鄉。夜來與婦人說知。兩下恩深義重，各不相捨。婦人倒情願收拾了些細軟，跟隨漢子逃走，去做長久夫妻。陳大郎道：「使不得。我們相交始末，都在薛婆肚裡。就是主人家呂公，見我每夜進城，難道沒有些疑惑？況客船上人多，瞞得那個？兩個丫鬟又帶去不得，你丈夫回來根究出情由，怎肯干休？娘子，你且耐心，到明年此時，我到此覓個僻靜下處，悄悄通個信兒與你，那時兩口兒同走，神鬼不覺，卻不安穩？」婦人道：「萬一你明年不來如何？」陳大郎就設起誓來。婦人道：「你既然有真心，奴家也決不相負。你若到了家鄉，倘有便人，託他捎個書來到薛婆處，也教奴家放意。」陳大郎道：「我自用心，不消分付。」

又過幾日，陳大郎僱下船隻，裝載糧食完備，又來與婦人作別。這一夜倍加眷戀，兩下說一會，哭一會，又狂蕩一會，整整的一夜不曾合眼。到五更起身，婦人

註

※58 雲雨：比喻男女性交過程，典故出自《文選．宋玉．高唐賦．序》，即戰國時，楚襄王夢見巫山神女而與之交歡的傳說。後便以「巫山雲雨」形容男女歡愛。

便去開箱，取出一件寶貝，叫做「珍珠衫」，遞與陳大郎道：「這件衫兒，是蔣門祖傳之物，暑天若穿了它，清涼透骨。此去天道漸熱，正用得著。奴家把與你做個記念，穿了此衫，就如奴家貼體一般。」陳大郎哭得出聲不得，軟做一堆。婦人就把衫兒親手與漢子穿下，叫丫鬟開了門戶，親自送了他出門，再三珍重而別。詩曰：

昔年含淚別夫郎，今日悲啼送所歡。
堪恨婦人多水性，招來野鳥勝文鸞。

話分兩頭，卻說陳大郎有了這珍珠衫兒，每日貼體穿著，便夜間脫下，也放在被窩中同睡，寸步不離。一路遇了順風，不兩月，行到蘇州府楓橋地面。那楓橋是

明陳洪綬繪製的孤單女子像。

柴米牙行的聚處，少不得招個主家脫貨，不在話下。

忽一日，赴個同鄉人的酒席，席上遇個襄陽客人，生得風流標致。那人非別，正是蔣興哥。原來興哥在廣東販了些珍珠、玳瑁、蘇木、沉香之類，搭伴起身。那夥同伴商量，都要到蘇州發賣。興哥久聞得「上說天堂，下說蘇杭」，好個大馬頭所在，有心要去走一遍，做這一回買賣，方纔回去，還是去年十月中到蘇州的。因隱姓為商，都稱為羅小官人，所以陳大郎更不疑慮他。兩個萍水相逢，年相若，貌相似，談吐應對之間，彼此敬慕。即席間問了下處，互相拜望，兩下遂成知己，不時會面。

興哥討完了客帳，欲待起身，走到陳大郎寓所作別。大郎置酒相待，促膝談心，甚是款洽。此時五月下旬，天氣炎熱，兩個解衣飲酒。陳大郎露出珍珠衫來。興哥心中駭異，又不好認他的，只誇獎此衫之美。陳大郎恃了相知，便問道：「貴縣大市街，有個蔣興哥家，羅兄可認得否？」興哥倒也乖巧，回道：「在下出外日多，裡中雖曉得有這個人，並不相認。陳兄為何問他？」陳大郎道：「不瞞兄長說，小弟與他有些瓜葛。」便把三巧兒相好之情，告訴了一遍，扯著衫兒看了，眼淚汪汪道：「此衫是他所贈。兄長此去，小弟有封書信，奉煩一寄，明日侵早送到貴寓。」興哥口裡便應道：「當得當得。」心下沉吟：「有這等異事！現有珍珠衫為證，不是個虛話了。」當下如針刺肚，推故不飲，急急起身別去。回到下處，想了又惱，惱了又想，恨不得學個縮地法兒，頃刻到家。

連夜收拾，次早便上船要行。只見岸上一個人氣吁吁的趕來，卻是陳大郎。親把書信一大包，遞與興哥，叮囑千萬寄去。氣得興哥面如土色，說不得，話不得，死不得，活不得。只等陳大郎去後，把書看時，面上寫道：「此書煩寄大市街東巷薛媽媽家。」興哥拿起二手扯開，卻是六尺多長一條桃紅縐紗汗巾，又有個紙糊長匣兒，內有羊脂玉鳳頭簪一根。書上寫道：微物二件，煩乾娘轉寄心愛娘子三巧兒親收，聊表記念。相會之期，准在來春。珍重，珍重。興哥大怒，把書扯得粉碎，撇在河中。提起玉簪，在船板上一摜，折做兩段。一念想起道：「我好糊塗，何不留此做個證見也好。」便拾起簪兒和汗巾，做一包收拾，催促開船。急急的趕到家鄉，望見了自家門首，不覺墜下淚來。想起：「當初夫妻何等恩愛，只為我貪著蠅頭微利，撇他少年守寡，弄出場醜來。如今悔之何及？」在路上性急，巴不得趕回；及至到了，心中又苦又恨，行一步，懶一步。進得自家門裡，少不得忍住了氣，勉強相見。興哥並無言語。三

兩個解衣飲酒。陳大郎露出珍珠衫來。興哥心中駭異，又不好認他。（古版畫，選自《今古奇觀》明末吳郡寶翰樓刊本）

巧兒自己心虛，覺得滿臉慚愧，不敢殷勤上前扳話。興哥搬完了行李，只說去看看丈人丈母，依舊到船上住了一夜。

次早回家，向三巧兒說道：「你的爹娘同時害病，勢甚危篤。昨晚我只得住下，看了他一夜。他心中只牽掛著你，欲見一面。我已僱下轎子在門首，你作速回去，我也隨後就來。」三巧兒見丈夫一夜不回，心裡正在疑慮，聞說爹娘有病，卻認真了，如何不慌？慌忙把箱籠上鑰匙遞與丈夫，喚個婆娘跟了，上轎而去。興哥叫住了婆娘，向袖中摸出一封書來，分付他送與王公：「送過書，你便隨轎回來。」

卻說三巧兒回家，見爹娘雙雙無恙，喫了一驚。王公見女兒不接而回，也自駭然；在婆子手中，接書拆開看時，卻是休書一紙。上寫道：

立休書人蔣德，係襄陽府棗陽縣人，從幼憑媒聘定王氏爲妻。豈期過門之後，本婦多有過失，正合七出之條※59。因念夫妻之情，不忍明言，情願退還本宗，聽憑改嫁，並無異言。休書是實。成化二年　月　日手掌爲記。

註

※59七出之條：休妻的七個條件，只要符合一個，就能休妻。一爲無子，二爲淫佚，三爲不事公婆，四爲口舌，五爲盜竊，六爲妒忌，七爲惡疾。

書中又包著一條桃紅汗巾、一枝打折的羊脂玉鳳頭簪。王公看了大驚，叫過女兒，問其緣故。三巧兒聽說丈夫把他休了，一言不發，啼哭起來。王公氣忿忿的，一逕跑到女婿家來。蔣興哥連忙上前作揖。王公回禮，便問道：「賢婿，我女兒是清清白白嫁到你家的，如今有何過失，你便把他休了？須還我個明白。」蔣興哥道：「小婿不好說得，但問令愛便知。」王公道：「他只是啼哭，不肯開口，教我肚裡好悶。小女從幼聰慧，料不到得※60犯了淫盜。若是小小過失，你可也看老夫薄面恕了他罷。你兩個是七八歲上定下的夫妻，完婚後並不曾爭論一遍兩遍，且是和順。你如今做客纔回，又不曾住過三朝五日，有甚麼破綻落在你眼裡？你直如此狠毒！也被人笑話，說你無情無義。」蔣興哥道：「丈人在上，小婿也不敢多講。家中有祖遺下珍珠衫一件，是令愛收藏。只問他如今在否？若在時，半字休題；若不在時，只索休怪了。」王公忙轉身回家，問女兒道：「你丈夫只問你討什麼珍珠衫，你端的※61拿與何人去了？」那婦人聽得說著了他緊要的關目※62，羞得滿臉通紅開不得口，一發號啕大哭起來，慌得王公沒做理會處。王婆勸道：「你不要只管啼哭，實實的說個真情與爹媽知道，也好與你分剖。」婦人那裡肯說，

明代的婦女陶俑。（圖片來源：Sailko）

悲悲咽咽哭一個不住。王公只得把休書和汗巾、簪子，都付與王婆，教他慢慢的偎著女兒，問他個明白。王公心中納悶，走在鄰家閒話去了。

王婆見女兒哭得兩眼赤腫，生怕苦壞了他，安慰了幾句言語，便走廚房下去煖酒，要與女兒消愁。三巧兒在房中獨坐，想著珍珠衫洩漏的緣故，好生難解。這汗巾、簪子，又不知那裡來的？沈吟了半晌道：「我曉得了：這折簪是鏡破釵分之意；這條汗巾，分明叫我懸樑自盡。他念夫妻之情，不忍明言，是要全我的廉恥。可憐四年恩愛，一旦決絕，是我做的不是，負了丈夫恩情。便活在人間，料沒有個好日，不如縊死倒得乾淨。」說罷，又哭了一回，把個坐杌子※63填高，將汗巾兜在梁上。正欲自縊。也是壽數未絕，不曾關上房門。恰好王婆煖得一壺好酒，走進房來，見女兒安排這事，急得他手忙腳亂，不放酒壺，便上前去拖拽。不期一腳踢翻坐杌子，娘兒兩個跌做一團，酒壺都潑翻了。王婆爬起來扶起女兒，說道：「你好短見！二十多歲的人，一朵花還沒有開足，怎做出沒下梢※64的事？莫說你丈夫還有

註

※60不到得：不會、不至於。參考李平校注，《今古奇觀》，三民書局出版。
※61端的：到底；究竟。依據《漢語大辭典》的解釋。
※62關目：關鍵。依據《中華民國教育部重編國語辭典修訂本》解釋。
※63杌子：方形的小板凳。
※64沒下梢：此處用來比喻人沒有好下場、好結局。

回心轉意的日子，便真個休了，恁般容貌，怕沒人要你？少不得別選良姻，圖個下半世受用。你且放心過日子去，休得愁悶。」王公回家，知道女兒尋死，也勸了他一番，又囑付王婆用心提防。過了數日，三巧兒沒奈何，也放下了念頭。正是：

夫妻本是同林鳥，大限來時各自飛。

再說蔣興哥將兩條索子，將晴雲、煖雪捆縛起來，拷問情由。那丫頭初時抵賴，喫打不過，只得從頭至尾，細細招將出來。已知都是薛婆勾引，不干他人之事。到明朝，興哥領了一夥人，趕到薛婆家裡，打得他雪片相似，只饒他拆了房子。薛婆情知自己不是，躲過一邊，並沒一人敢出頭說話。興哥見他如此，也出了這口氣。回去喚個牙婆，將兩個丫頭都賣了。樓上細軟箱籠，大小共十六隻，寫三十二條封皮，封叉封了，更不開動。這是甚意兒？只因興哥夫婦，本是十二分相愛的。雖則一時休了，心中好生痛切，見物思人，何忍開看。

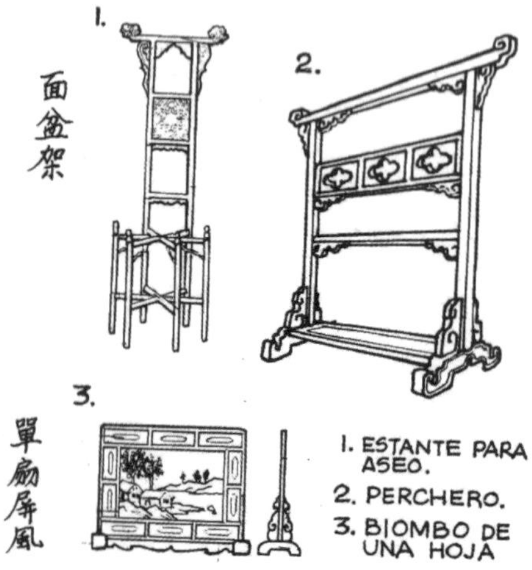

明文震亨著《長物志》卷第六《几榻》中描繪的家具樣式。（圖片來源：Cdr911）

話分兩頭，卻說南京有個吳傑進士，除授廣東潮陽縣知縣，水路上任，打從襄陽經過，不曾帶家小，有心要擇一美妾。一路看了多少女人，並不中意。聞得棗陽縣王公之女，大有顏色，一縣聞名，出五十金財禮，央媒議親。王公倒也樂從，只怕前婿有言，親到興哥家說知。興哥並不阻擋，臨嫁之夜，興哥僱了人夫，將樓上十六個箱籠，原封不動，連鑰匙送到吳知縣船上交割，與三巧兒當個賠嫁。婦人心上倒過意不去。傍人曉得這事，也有誇興哥做人忠厚的，也有笑他癡騃的，還有罵他沒志氣的：正是人心不同。

閒話休題。再說陳大郎在蘇州，脫貨完了，回到新安，一心只想著三巧兒。朝暮看了這件珍珠衫，長吁短歎。老婆平氏心知這衫兒來得蹺蹊，等丈夫睡著，悄悄的偷去，藏在天花板上。陳大郎早起要穿時，不見了衫兒，與老婆取討。平氏那裡肯認。急得陳大郎性發，傾箱倒篋※65的尋個遍，只是不見，便破口罵老婆起來，惹得老婆啼啼哭哭與他爭嚷，鬧吵了兩三日。陳大郎滿懷撩亂，忙忙的收拾銀兩，帶個小郎再望襄陽舊路而進。將近棗陽，不期遇了一夥大盜，將本錢盡皆劫去，小郎也被他殺了。陳商眼快，走向船梢舵上伏著，幸免殘生。思想還鄉不得，且到舊

註

※65 篋：讀作「竊」。置物箱。

寓住下，待會了三巧兒，與他借些東西，再圖恢復。歎了一口氣，只得離船上岸，走到棗陽城外主人呂公家，告訴其事。又道：「如今要央賣珠子的薛婆，與一個相識人家，借些本錢營運。」呂公道：「大郎不知，那婆子為勾引蔣興哥的渾家，做了些醜事。去年興哥回來，問渾家討甚麼珍珠衫。原來渾家贈與情人去了，無言回答。興哥當時休了渾家回去，如今轉嫁與南京吳進士做第二房夫人了。那婆子被蔣家打得個片瓦不留，婆子安身不牢，也搬在隔縣去了。」

陳大郎聽得這話，好似一桶冷水，沒頭淋下。這一驚非小，當夜發寒發熱，害起病來。這病又是鬱症，又是相思症，也帶些怯症※66，又有些驚症。牀上臥了兩個多月，翻翻覆覆，只是不癒。連累主人家小廝，伏侍得不耐煩。陳大郎心上不安，打熬起精神，寫成家書一封，請主人來商議，要覓個便人捎信往家中取些盤纏，就要個親人來看覷同回。這幾句正中了主人之意。恰好有個相識的承差※67，奉上司公文，要往徽寧一路水陸傳遞，極是快的。呂公接了陳大郎書札，又替他應出五兩銀子，送與承差，央他乘便寄去。果然的「自行由得我，官差急如火」。不夠幾日，到了新安縣，問著陳商家

明代的女子穿著樣貌，圖片出自《真武靈應圖冊》。

裡，送了家書。那承差飛馬去了。正是：

只爲千金書信，又成一段姻緣。

話說平氏拆開家信，果是丈夫筆跡，寫道：

陳商再拜賢妻平氏見字：別後襄陽遇盜，劫資殺僕。某受驚患病，現臥舊寓呂家，兩月不癒。字到可央一的當※68親人，多帶盤纏，速來看視。伏枕草草。

平氏看了，半信半疑，想道：「前番回家，虧折了千金貲※69本。據這件珍珠衫，一定是邪路上來的。今番又推被盜，多討盤纏，怕是假話。」又想道：「他要個的當親人速來看視，必然病勢利害，這話是真也未可知。如今央誰人去好？」左思右想，放心不下，與父親平老朝奉商議，收拾起細軟家私，帶了陳旺夫婦，就請

註

※66怯症：古代對肺結核病的稱呼。
※67承差：官府中的差役。
※68的當：穩妥、恰當。
※69貲：通「資」。財物、錢財。

父親作伴，僱了船隻，親往襄陽看丈夫去。到得京口※70，平老朝奉痰火病發，央人送回去了。

平氏引著男女，上水路前進。不一日，來到棗陽城外，問著了舊主人呂家。原來十日前，陳大郎已故了。呂公賠些錢鈔，將就入殮。平氏哭倒在地，良久方醒。慌忙換了孝服，再三向呂公說，欲待開棺一見，另買副好棺材，重新殮過。呂公執意不肯。平氏沒奈何，只得買木做個外棺包裹，請僧設法事超度，多焚冥資。呂公早已自索了他二十兩銀子謝儀，隨他鬧吵，並不言語。

過了一月有餘，平氏要選個好日子扶柩而歸。呂公見這婦人年少姿色，料是守寡不終，又且囊中有物，思想：「兒子呂二還沒有親事，何不留住了他，完其好事，可不兩便？」呂公買酒請了陳旺，央他老婆委曲進言，許以厚謝。陳旺的老婆，是個蠢貨，那曉得什麼委曲？不顧高低一直的對主母說了。平氏大怒，把他罵了一頓，連打幾個耳光子，連主人家也數落了幾句。呂公一場沒趣，敢怒而不敢言。正是：

明代身體不適的婦女圖，圖片出自《針灸全書》。

羊肉饅頭沒的喫，空教惹得一身騷。

呂公便去攛掇陳旺逃走。陳旺也思量沒甚好處了，與老婆商議，教他做腳，裡應外合，把銀兩首飾偷得罄盡，兩口兒連夜走了。呂公明知其情，反埋怨平氏說：不該帶這樣歹人出來，幸而偷了自家主母的東西；若偷了別家的，可不連累人。又嫌這靈柩礙他生理，教他快些抬去。又道：「後生寡婦在此住居不便。」催促他起身。平氏被逼不過，只得別賃下一間房子住了，僱人把靈柩移來，安頓在內，這淒涼景象，自不必說。

間壁有個張七嫂，為人甚是活動。聽得平氏啼哭，時常走來勸解。平氏又時常央他典賣幾件衣服用度，極感其意。不夠幾月，衣服都典盡了。從小學得一手好針線，思量要到個大戶人家，教習女工度日，再作區處。正與張七嫂商量這話。張七嫂道：「老身不好說得，這大戶人家，不是你少年人走動的。死的沒福死了，活的還要做人，你後面日子正長哩！終不然做針線娘了得你下半世？況且名聲不好，被人看得輕了。還有一件：這個靈柩如何處置？也是你身上一件大事。便出賃房錢，

註

※70京口：今江蘇省鎮江縣。

終久是不了之局。」平氏道：「奴家也都慮到，只是無計可施了。」張七嫂道：「老身倒有一策，娘子莫怪我說。你千里離鄉，一身孤寡，手中又無半錢，想要搬這靈柩回去，多是虛了。莫說你衣食不周，到底難守；便多守得幾時，亦有何益？依老身愚見，莫若趁此青年美貌，尋個好對頭※71，一夫一婦的隨了他去。得些財禮，就買塊土來，葬了丈夫。你的終身又有所托，可不生死無憾？」平氏見他說得近理，沉吟了一會，歎口氣道：「罷罷！奴家賣身葬夫，傍人也笑我不得。」張七嫂道：「娘子若定了主意時，老身現有個主兒在此，年紀與娘子相近，人物齊整，又是大富之家。」平氏道：「他既是富家，怕不要二婚的。」張七嫂道：「他也是續絃了，原對老身說，不拘頭婚二婚，定要人才出眾。似娘子這般丰姿，怕不中意！」原來張七嫂曾受蔣興哥之託，央他訪一頭好親。因是前妻三巧兒出色標致，所以如今只要訪個美貌的。那平氏容貌，雖及不得三巧兒，論起手腳伶俐、胸中涇渭，又勝似他。

張七嫂次日就進城與蔣興哥說了。興哥聞得是下路人，愈加歡喜。這裡平氏分文財禮不要，只要買場好地，殯葬丈夫要緊。張七嫂往來回覆了幾次，兩相依允。

中國古代傳統婚禮裡的新娘服，俗稱鳳冠霞帔。

話休煩絮。卻說平氏送了丈夫靈柩入土，祭奠畢了，大哭一場，免不得起靈除孝。臨期蔣家送衣飾過來，又將他典下的衣服都贖回了。成親之夜，一般大吹大擂，洞房花燭。正是：

規矩熟閒雖舊事，恩情美滿勝新婚。

蔣興哥見平氏舉止端莊，甚相敬重。一日，從外而來，平氏正在打疊衣箱，內有珍珠衫一件。興哥認得了，大驚問道：「此衫從何而來？」平氏道：「這衫兒來得蹺蹊。」便把前夫如此張智※72，夫妻如此爭嚷，如此賭氣分別，述了一遍。又道：「前日艱難時，幾番欲把它典賣，只愁來歷不明，怕惹出是非，不敢露人眼目。連奴家至今不知這物事那裡來的。」興哥道：「你前夫陳大郎名字，可叫做陳商？可是白淨面皮、沒有鬚，左手長指甲的麼？」平氏道：「正是。」蔣興哥把舌頭一伸，合掌對天道：「如此說來，天理昭彰，好怕人也！」平氏問其緣故。蔣興哥道：「這件珍珠衫，原是我家舊物。你丈夫姦騙了我的妻子，得此衫為表記。我

註

※71對頭：結婚對象，此指丈夫。
※72張智：主見、主張。

在蘇州相會，見了此衫，始知其情，回來把王氏休了。誰知你丈夫客死，我今續絃，但聞是徽州陳客之妻，誰知就是陳商。卻不是一報還一報？」平氏聽罷，毛骨竦然。從此恩情愈篤。這才是《蔣興哥重會珍珠衫》的正話。詩曰：

天理昭彰不可欺，兩妻交易孰便宜？
分明欠債償他利，百歲姻緣暫換時。

再說蔣興哥有了管家娘子，一年之後，又往廣東做買賣。也是合當有事，一日，到合浦縣販珠，價都講定。主人家老兒只揀一粒絕大的偷過了，再不承認。興哥不忿※73，一把扯人袖子要搜。何期去得勢重，將老兒拖翻在地跌下，便不做聲。忙去扶時，氣已斷了。兒女親鄰哭的哭，叫的叫，一陣的簇擁將來，把興哥捉住，不由分說，痛打一頓，關在空房裡。連夜寫了狀詞，只等天明，縣主早堂※74連人進狀。縣令准了，因這日有公事，分付把兇身鎖押，次日候審。你道這縣主是誰？姓吳名傑，南畿進士，正是三巧兒的晚老公。初選原任潮陽，上司因見他

位於河南省南陽市內鄉縣縣衙。（圖片攝影、來源：Mianqiani）

清廉，調任這合浦縣採珠的所在來做官。是夜，吳傑在燈下，將進過的狀詞細閱。三巧兒正在傍邊閒看，偶見宋福所告人命一詞：兇身羅德，棗陽縣客人。不是蔣興哥是誰？想起舊日恩情，不覺酸痛，哭告丈夫道：「這羅德是賤妾的親哥，出嗣在母舅羅家的，不期客邊犯此大辟※75。相公可看妾之面，救他一命還鄉。」縣主道：「且看臨審如何？若人命果真，教我也難寬宥。」三巧兒兩眼噙淚，跪下苦苦哀求。縣主道：「你且莫忙，我自有道理。」明早出堂，三巧兒又扯住縣主衣衫哭道：「若哥哥無救，賤妾亦當自盡，不能相見了。」

當日縣主升堂，第一就問這起。只見宋福、宋壽兄弟兩個，哭哭啼啼與父親執命※76。稟道：「因爭珠懷恨，登時打悶，仆※77地身死，望爺爺做主。」縣主問眾干證※78口詞，也有說打倒的，也有說推跌的。蔣興哥辯道：「他父親偷了小人的珠子，小人不忿，與他爭論。他因年老腳跓※79，自家跌死，不干小人之事。」縣主問

註

※73不忿：憤恨不平。
※74早堂：早上升堂。古代官府一天分爲早晚兩次升堂，早上的稱早堂。
※75大辟：死刑。依據《中華民國教育部重編國語辭典修訂本》解釋。
※76執命：追查凶手償命。依據《漢語大辭典》的解釋。
※77仆：讀作「撲」，倒臥、跌倒而趴在地上。
※78干證：與案件有關的證人。
※79跓：讀作「做」。踩空。

宋福道：「你父親幾歲了？」宋福道：「六十七歲了。」縣主道：「老年人容易昏絕，未必是打。」宋福、宋壽堅執是打死的。縣主道：「有傷無傷，須憑檢驗。既說打死，將尸發在漏澤園[80]去，俟晚堂聽檢。」原來宋家也是個大戶有體面的，老兒曾當過里長，兒子怎肯把父親在尸場剔骨？兩個雙雙叩頭道：「父親死狀，眾目共見，只求爺爺到小人家去相驗，不願發檢。」縣主道：「若不見貼骨傷痕，兇身怎肯伏罪？沒有尸格[81]，如何申得上司過？」兄弟兩個只是求告。縣主發怒道：「你既不願檢，我也難問。」慌得他弟兄兩個連連叩頭道：「但憑爺爺明斷。」縣主道：「望七之人，死是本等[82]。倘或不因打死，屈害了一個年少，反增死者罪過。就是你做兒子的，巴得父親到許多年紀，又把個不得善終的惡名與他，心中何忍？但打死是假，推仆是真，若不重罰羅德，也難出你的氣。我如今教他披麻帶孝，與親兄一般行禮，一應殯殮之費，都要他支持。你可服麼？」兄弟兩個道：「爺爺分付，小人敢不遵依？」興哥見縣主不用刑罰，斷得乾淨，喜出望外。當下原被告都叩頭稱謝。縣主道：「我也不寫審單[83]，著差人押出，待事完回話，把原詞與你銷訖

縣衙牢房大門。（圖片攝影、來源：Mianqiani）

便了。」正是：

公堂造孽眞容易，要積陰功亦不難。
試看今朝吳大尹，解冤釋罪兩家歡。

卻說三巧兒自丈夫出堂之後，如坐針氈。一聞得退衙，便迎住問個消息。縣主道：「我如此如此斷了。看你之面，一板也不曾責他。」三巧兒千恩萬謝，又道：「妾與哥哥久別，渴思一會問取爹娘消息。官人如何做個方便，使妾兄妹相見，此恩不小。」縣主道：「這也容易。」看官們：你道三巧兒被蔣興哥休了，恩斷義絕，如何恁地用情？他夫婦原是十分恩愛的，因三巧兒做下不是，興哥不得已而休之，心中兀自不忍。所以改嫁之夜，把十六隻箱籠完完全全的贈他。只此一件，三巧兒的心腸也不容不軟了。今日他身處富貴，見興哥落難，如何不救他？這叫做知恩報恩。

註

※80漏澤園：官府爲貧窮無所依靠的人所設立的掩埋場。
※81尸格：驗屍報告。
※82本等：此指應有之事。
※83審單：審判文書、判決書。

再說蔣興哥遵了縣主明斷，著實小心盡禮，更不惜費，宋家弟兄，都沒話了。喪葬事畢，差人押到縣中回覆。縣主喚進私衙，賜坐講道：「尊舅這場官司，若非令妹再三哀懇，下官幾乎得罪了。」興哥不解其故，回答不出。少停茶罷，縣主請入內書房，教小夫人出來相見。你道這番意外相逢，不像個夢景麼？他兩個也不行禮，也不講話，緊緊的你我相抱，放聲大哭，就是哭爹哭娘從沒見這般哀慘。連縣主在傍，好生不忍，便道：「你兩人且莫悲傷。我看你不像哥妹，快說真情，下官有處。」兩個哭得半休不休的，那個肯說？卻被縣主盤問不過，三巧兒只得跪下說道：「賤妾罪當萬死！此人乃妾之前夫也。」蔣興哥料瞞不過，也跪下來，將從前恩愛及休妻再嫁之事，一一訴知。說罷，兩人又哭做一團，連吳知縣也墮淚不止，道：「你兩人如此相戀，下官何忍拆開？幸然在此三年，不曾生育，即刻領去完聚。」兩個插燭也似拜謝。縣主即忙討個小轎，送三巧兒出衙。又喚集人夫，把原來賠嫁的十六個箱抬去，都教興哥收領。又差典吏※84一員，護送他夫婦出境。此乃吳知縣之厚德。正是：

珠還合浦※85重生采，劍合豐城※86倍有神。

明代的官員夫婦畫像。

堪羨吳公存厚道，貪財好色竟何人？

此人向來艱子※87，後行取到吏部，在北京納寵，連生三子，科第不絕，人都說明德之報。這是後話。

再說蔣興哥帶了三巧兒回家，與平氏相見。論起初婚，王氏在前，只因休了一番，這平氏倒是明媒正娶，又且平氏年長一歲，讓平氏為正房，王氏反做偏房，兩個姊妹相稱。從此一夫二婦，團圓到老。有詩為證：

恩愛夫妻雖到頭，妻還作妾亦堪羞。
殃祥是報無虛謬，咫尺青天莫遠求。

註

※84典吏：清代司、道、府、廳、州、縣的吏員。此指縣衙的吏員。

※85珠還合浦：此處比喻妻子失而復得。東漢時代，合浦郡盛產珍珠，因宰守貪婪，縱容濫採，蚌就逐漸遷徙至交阯郡。後孟嘗任合浦太守，革除以前的弊端，蚌才逐漸搬回來。典故出自《後漢書·卷七六·循吏傳·孟嘗傳》。

※86劍合豐城：晉代張華看見豐城紫氣沖天，命雷煥擔任豐城縣令尋訪。雷煥挖獲雙劍，一柄贈送張華。張華、雷煥死後，雙劍俱落入水潭之中，化爲二龍。此處借喻分別後的團圓。

※87艱子：生不出兒子。依據《中華民國教育部重編國語辭典修訂本》解釋。

第二十四卷　陳御史巧勘金釵鈿

世事翻騰似轉輪，眼前凶吉未爲眞。
請看久久分明應，天道何曾負善人？

聞得老郎※1們相傳的說話，不記得何州甚縣，單說有一人姓金名孝，年長未娶，家中只有個老母，自家賣油為生。一日，挑了油擔出門，中途因裡急，走上茅廁大解，拾得一個布裹肚※2，內有一包銀子，約莫有三十兩。金孝不勝歡喜，便轉擔回家，對老娘說道：「我今日造化，拾得許多銀子。」老娘看見，倒喫了一驚，道：「你莫要做下歹事偷來的麼？」金孝道：「我幾曾偷慣了別人的東西？卻恁般說！早是鄰舍不曾聽得哩。這裹肚其實不知什麼人遺失在茅坑傍邊？喜得我先看見了，拾取回來。我們做窮經紀的人，容易得這注大財？明日燒個利市※3，把來做販油的本錢，不強似賒別人的油賣？」老娘道：「我

✦ 宋蘇漢臣《秋庭嬰戲圖》中穿肚兜的小孩。

兒，常言道：『貧富皆由命。』若你命該享用，不生在挑油擔的人家來了。依我看來，這銀子雖非是你設心謀得來的，也不是你辛苦掙來的。只怕無功受祿，反受其殃。這銀子不知是本地人的，遠方客人的？又不知可是自家的，或是借貸來的？一時間失脫了，抓尋不見，這一場煩惱非小，連性命都要陷了，也不可知。曾聞古人裴度還帶積德，你今日原到拾銀之處，看有甚人來尋，便引來還他原物，也是一番陰德。皇天必不負你。」

金孝是個本分的人，與老娘教訓了一場，連聲應道：「說得是！說得是！」◎1放下銀包裹肚，跑到那茅廁邊去。只見鬧嚷嚷的一叢人，圍著一個漢子。那漢子氣忿忿叫天叫地。金孝上前問其甚緣故。原來那漢子是他方客人，因登東解脫了裹肚，失了銀子，抓尋不著，只道卸下茅坑，喚幾個潑皮來，正要下去淘摸。街上人都擁著閒看。金孝便問客人道：「你銀子有多少？」客人胡亂應道：「有四五十兩。」金孝老實，便道：「可有個白布裹肚麼？」客人一把扯住金孝道：「正是！正是！是你拾著，還了我，情願出賞錢。」眾人中有快嘴的便道：「理雖有理，平半分也是該的。」金孝道：「真個是我拾得，放在家裡。你只隨我來便有。」眾

註

※1老郎：宋、元、明代，對本行說唱師傅或前輩的尊稱。

※2裹肚：兜肚，貼身的內衣。

※3燒個利市：燒紙拜神，祈求神明保佑。

眉批

◎1：好孝順兒子。（綠天館主人）

人都想道：「拾得錢財，巴不得瞞過了人，那曾見這個人倒去尋主兒道他，也是異事。」金孝和客人動身時，這夥人一鬨都跟了去。

金孝到了家中，雙手兒捧出裹肚，交還客人。客人撿出銀包看時，曉得原物不動，只怕金孝要他出賞錢，又怕眾人喬主張他平分，反使欺心，賴著金孝道：「我的銀子，原說有四五十兩，如今只剩得這些，你匿過一半了，可來還我。」金孝道：「我纔拾得回來，就被老娘逼我出門，尋訪原主還他，何曾動你分毫？」那客人賴定短少了他的銀兩。金孝負屈忿恨，一個頭肘子撞去。那客人力大，把金孝一把頭髮提起，像隻小雞一般，放在地下，捻著拳頭便要打。引得金孝七十歲的老娘，也奔出門前叫屈。眾人都有些不平，似殺陣般嚷將起來。恰好縣尹相公，在這街上過去，聽得喧嚷嚷的，便分付做公的拿來審問。眾人怕事的，四散走開去了。也有幾個大膽的，站在傍邊看縣尹相公怎生斷這公事？

卻說做公的※4將客人和金孝母子拿到縣尹面前，當街跪下，各訴其情。一邊道：「他拾了小人的銀子，藏過一半不還。」一邊道：「小人聽了母親言語，好意還他，他反來圖賴小人。」縣尹問眾人：「誰做見證？」眾人都上前稟道：「那客人脫了銀子，正在茅廁邊抓尋不著，卻是金孝自走來承認

清代衙門照片，圖為臺灣布政使司衙門西轅門。

了，引他回去還他。這是小人們眾目共睹。只銀子數目多少，小人不知。」◎2縣令道：「你兩下不須爭嚷，我自有道理。」教做公的帶那一干人到縣來。

縣尹升堂，眾人跪在下面。縣尹教取裹肚和銀子來看，分付庫吏把銀子兌准回復。庫吏復道：「有三十兩。」縣主又問客人：「你的銀子是許多？」客人道：「五十兩。」縣主道：「你看見他拾取的？還是他自家承認的？」客人道：「實是他親口承認的。」縣主道：「他若是要賴你的銀子，何不全包都拿了去，卻止藏一半，又自家招認出來？他不招認，你如何曉得？可見他沒有賴銀之情了。你失的銀子五十兩，他今拾的三十兩，這銀子不是你的了，必然另是一個人失落的。」◎3客人道：「這銀子實是小人的。小人情願只領這三十兩去罷。」縣尹道：「數目不同，如何冒認得去？這銀兩合斷與金孝領去，奉養母親；你的五十兩，自去抓尋。」金孝得了銀子，千恩萬謝的，扶著老娘去了。那客人已經官斷，如何敢爭？只得含羞噙淚而去。眾人無不稱快。這叫做：

欲圖他人，翻失自己。
自己羞慚，他人歡喜。

註

※4做公的：衙門差役。

眉批

◎2：公道難掩難欺。（綠天館主人）
◎3：辨事的大有劈著。（綠天館主人）

看官，今日聽我說「金釵鈿」這樁奇事。有老婆的翻沒了老婆，沒老婆的翻得了老婆。只如金孝和客人兩個：圖銀子的翻失了銀子，不要銀子的，反得了銀子。事跡雖異，天理則同。

卻說江西贛州府※5石城縣，有個魯廉憲※6，一生為官清介，並不要錢，人都稱為「魯白水」。那魯廉憲與同縣顧僉事※7累世通家。魯家一子，雙名學曾；顧家一女，小名阿秀。兩下面約為婚，來往間親家相呼，非止一日。因魯奶奶病故，廉憲同著孩兒，在於任所，一向遷延，不曾行得大禮。誰知廉憲在任，一病身亡。學曾扶柩回家，守制三年，家事愈加消乏。止存下幾間破屋子，連日食都不周了。

顧僉事見女婿窮得不像樣，遂有悔親之意，與夫人孟氏商議道：「魯家一貧如洗，眼見得六禮※8難備，婚娶無期，不若別求良姻，庶不誤女兒終身之託。」孟夫人道：「魯家雖然窮了，從幼許下的親事，將何辭以絕之？」顧僉事道：「如今只差人去說，男長女大，催他行禮。兩邊都是宦家，各有體面，說不得『沒有』兩個字，也要出得他的門，入得我的戶。

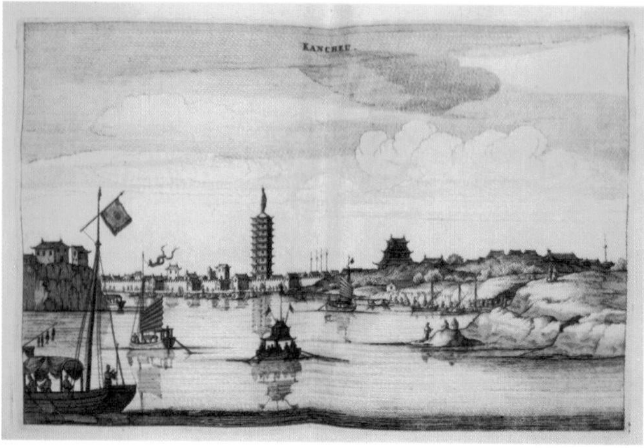

荷蘭人Jacob van Meurs 於1665年所畫的贛州風景圖。

那窮鬼自知無力，必然情願退親。我就要了他休書，卻不一刀兩斷？」孟夫人道：「我家阿秀性子有些古怪，只怕他倒不肯。」顧僉事道：「在家從父，這也由不得他。你只慢慢的勸他便了。」

當下孟夫人走到女兒房中，說知此情。阿秀道：「婦人之義，從一而終。婚姻論財，夷虜之道。爹爹如此欺貧重富，全沒人倫，決難從命。」◎4孟夫人道：「如今爹去催魯家行禮，他若行不起聘，情願退親，你只索罷休。」阿秀道：「說那裡話！若魯家力不能聘，孩兒情願矢志終身，決不改適。當初錢玉蓮投江※9全節，留名萬古。爹爹若是見逼，孩兒就拚卻一命，亦也何難！」孟夫人見女執性，又苦他又憐他，心生一計：「除非瞞過僉事，密地喚魯公子來，助他些東西，教他作速行聘，方成其美。」忽一日，顧僉事往東莊收租，有好幾日擔擱※10。孟夫人與

註

※5贛州府：今江西省贛州市。
※6廉憲：廉訪使的俗稱。依據《漢語大辭典》的解釋。
※7僉事：古代官名。明代時都督、都指揮、按察、宣慰、宣撫等都有設置僉事官，掌管衙門文書等事務。
※8六禮：古代婚姻的六種禮節程序：納采、問名、納吉、納徵、請期、親迎。需要一定的財力。
※9錢玉蓮投江：民間傳說，後改編成南戲劇本《荊釵記》。錢玉蓮嫁給王十朋為妻，王十朋尚未金榜題名，生活困苦。後科舉及第，錢玉蓮被逼改嫁，她遂投江，以死明志。
※10擔擱：耽誤時間。也作「耽擱」。

眉批

◎4：婦人之義，從一而終，賢哉此女。（綠天館主人）

女兒商議停當了，喚園公※11老歐到來。夫人當面分付，教他去請魯公子後門相會，如此如此，「不可泄漏，我自有重賞。」老園公領命來到魯家，但見：

門如敗寺，屋似破窯。窗槅※12離披，一任風聲開閉；廚房冷落，絕無煙氣蒸騰。頹牆漏瓦權棲足，只怕雨來；舊椅破牀便當柴，也少火力。盡說宦家門戶倒，誰憐清吏子孫貧？◎5說不盡魯家窮處。

卻說魯學曾有個姑娘，嫁在梁家，離城將有十里之地。姑夫已死，止存一子梁尚賓，新娶得一房好娘子，三口兒一處過活，家道粗足。這一日，魯公子恰好到他家借米去了，只有個燒火的白髮婆婆在家。老管家只得受了夫人之命，教他作速寄信去請公子回來：「此是夫人美情，趁這幾日老爺不在家中，專等專等，不可失信。」囑罷自去了。這裡老婆子想道：「此事不可遲緩。也不好轉託他人傳話。」當初奶奶在日，曾跟到姑娘家去，有些影像在肚裡。當下囑付鄰人看門，一步一跌的問到梁家。梁媽媽正留著姪兒在房中喫飯，婆子向前相見，把老園公言語細細述了。姑娘道：「此是美事。」攛掇姪兒快去。

魯公子心中不勝歡喜，只是身上藍縷※13，不好見得岳母，要與表兄梁尚賓借件衣服遮醜。原來梁尚賓是個不守本分的歹人，早打下欺心草稿，便答應道：「衣服自有，只是今日進城，天色已晚了，宦家門牆不知深淺。令岳母夫人雖然有話，眾人未必盡知，去時也須仔細。憑著愚見，還屈賢弟在此草榻，明日只可早往不可晚行。」◎6魯公子道：「哥哥說得是。」梁尚賓道：「愚兄還要到東村一個人家商量一件小事，回家再得奉陪。」又囑付梁媽媽道：「婆子走路辛苦，一發留他過宿，明日去罷。」媽媽也只當孩兒是個好意，真個把兩人都留住了。誰知他是個奸計，只怕婆子回去時，那邊老園公又來相請，露出魯公子不曾回家的消息，自己不好去打脫冒※14了。正是：

欺天行事人難識，立地機關鬼不知。

梁尚賓背卻公子換了一套新衣，悄地出門，逕投城中顧僉事家來。

卻說孟夫人是晚教老園公開了園門伺候，看看日落西山，黑影裡只見一個後生，身上穿得齊齊整整，腳兒走得慌慌張張，望著園門欲進不進的。老園公問道：

註

※11園公：管理花園的老僕人。
※12窗槅：指窗格。
※13藍縷：衣服破舊損壞。藍，通「襤」。
※14脫冒：冒充、假扮。

眉批

◎5：世情可恨，所以貪吏不止。（綠天館主人）
◎6：小人違心之談，偏說得近理可聽。（綠天館主人）

「郎君可是魯公子麼？」梁尚賓連忙鞠個躬應道：「在下正是。因老夫人見召，特地到此，望乞通報。」老園公慌忙請到亭子中暫住，急急的進去報與夫人。孟夫人就差個管家婆出來傳話：「請公子到內室相見。」纔下得亭子，又有兩個丫鬟，提著兩碗紗燈來接。彎彎曲曲行過多少房子，忽見朱樓畫閣，方是內室。孟夫人揭起朱簾，秉燭而待。那梁尚賓一來是個小家出身，不曾見恁般富貴樣子；二來是個村郎[※15]，不通文墨；三來自己假貨，終是懷著個鬼胎，意氣不甚舒展。上前相見時，跪拜答應，眼見得禮貌粗疏、語言澀滯。孟夫人心下想道：「好怪！全不像宦家子弟。」一念又想道：「常言『人貧智短。』他恁地貧困，如何怪得他失張失智[※16]？」轉了第二個念頭，心下愈加可憐起來。

茶罷，夫人分付忙排夜飯，就請小姐出來相見。阿秀初時不肯，被母親逼了兩三次，想著：「父親有賴婚之意，萬一如此，今宵便是永訣。若得見親夫一面，死亦甘心。」當下離了繡閣，含淚而出。孟夫人道：「我兒過來見了公子，只行小禮罷。」假公子朝

建於南宋時期（1127年到1279年）的蘇州網師園，是小巧精緻的園林建築代表。（圖片攝影、來源：唐戈）

上連作兩個揖，阿秀也福了兩福，便要回步。夫人道：「既是夫妻，何妨同坐？」便教他在自己肩下坐了。假公子兩眼只瞧那小姐，見他生得端麗，骨髓裡都發癢起來。這裡阿秀只道見了真丈夫，低頭無語，滿腹恓惶，只少得哭下一場。正是真假不同，心腸各別。少頃，飲饌已到，夫人教排飲兩桌：上面一桌，請公子坐；打橫一桌，娘兒兩口同坐。夫人道：「今日倉卒奉邀，只欲周旋公子姻事，殊不成禮。休怪休怪。」假公子剛剛謝得個「打攪」二字，面皮都急得通紅了。席間，夫人把女兒守志一事，略敘一敘。假公子應了一句，縮了半句。夫人也只認他害羞，全不為怪。那假公子在席上自覺局促，本是能飲的，只推量窄。夫人也不強他。又坐了一回，夫人分付收拾鋪陳在東廂下，留公子過夜。假公子也假意作別要行。夫人道：「彼此至親，何拘形跡？我母子還有至言相告。」假公子心中暗喜。只見丫鬟來稟：「東廂內鋪設已完，請公子安置。」假公子作揖謝酒，丫鬟掌燈送到東廂去了。

夫人喚女兒進房，趕去侍婢，開了箱籠，取出私房銀子八十兩，又銀盃二對，金首飾一十六件，約直百金，一手交付女兒，說道：「做娘的手中只有這些，你可

註

※15村郎：胸無點墨的粗鄙之人。
※16失張失智：驚慌失措的樣子。

親去交與公子，助他行聘完婚之費。」阿秀道：「羞答答如何好去？」夫人道：「我兒，禮有經權※17，事有緩急。如今尷尬之際，不是你親去囑付，把夫妻之情打動他，他如何肯上緊？窮孩子不知世事，倘或與外人商量，被人哄誘，把東西一時花了，不枉了做娘的一片用心，那時悔之何及！這東西也要你袖裡藏去，不可露人眼目。」阿秀聽了這一班道理，只得依允，便道：「娘，我怎好自去？」夫人道：「我教管家婆跟你去。」當下，喚管家婆來到，分付他只等夜深，密地送小姐到東廂與公子敘話。又附耳道：「送到時，你只在門外等候，省得兩下礙眼，不好交談。」管家婆已會其意了。

再說假公子獨坐在東廂，明知有個蹊蹺緣故，只是不睡。果然，一更之後，管家婆捱門而進，報道：「小姐自來相會。」假公子慌忙迎接，重新敘禮。有這等事，那假公子在夫人前，一個字也講不出；及至見了小姐，偏會溫存絮話。這裡小姐起初害羞，遮遮掩掩；今番背卻夫人，一般也老落※18起來。兩個你問我答，敘了半晌。阿秀話出衷腸，不覺兩淚交流。那假公子也裝出捶胸歎氣，揩眼淚，縮鼻涕，許多醜態。又

管家婆在房門外，聽見兩個悲泣，連累他也恓惶，墮下幾點淚來。（古版畫，選自《今古奇觀》明末吳郡寶翰樓刊本）

假意解勸小姐，抱摟掉趣[※19]，儘他受用。管家婆在房門外，聽見兩個悲泣，連累他也恓惶，墮下幾點淚來。誰知一邊是真，一邊是假。阿秀在袖中摸出銀兩、首飾遞與假公子，再三囑付，自不必說。假公子收過了，便一手抱住小姐，把燈兒吹滅，苦要求歡。阿秀怕聲張起來，被丫鬟們聽見了，壞了大事，只得勉從。有人作《如夢令》詞云：

可惜名花一朵，繡幙[※20]深閨藏護。不遇探花郎，抖被狂蜂殘破。錯誤錯誤，怨殺東風分付。

常言「事不三思，終有後悔」。孟夫人要私贈公子，玉成親事，這是錦片的一團美意，也是天大的一樁事情，如何不教老園公親見公子一面？及至假公子到來，只合當面囑付一番，把東西贈他，再教老園公送他回去，看個下落，萬一無虞。千不合萬不合，教女兒出來相見，又教女兒自到東廂敘話。這分明放一條路與他，如

註

※17經權：權宜變通。

※18老落：老成、老練。

※19掉趣：說笑。

※20幙：同今幕字，是幕的異體字。帷幕。

眉批

◎7：失計較都是老夫人。（綠天館主人）

何不做出事來？莫說是假的，就是真的也使不得，枉做了一世牽攣的話柄。這也算作姑息之愛，反害了女兒的終身。◎7

閒話休題。且說假公子得了便宜，放鬆那小姐去了。五鼓時，夫人教丫鬟催促起身梳洗，用些茶湯點心之類，又囑付道：「拙夫不久便回，賢婿早做準備，休得怠慢。」假公子別了夫人，出了後花園門，一頭走一頭想道：「我白白裡騙了一個宦家閨女，又得了許多財帛，不曾露出馬腳，萬分僥倖。只是今日魯家又來，不為全美。聽得說顧僉事不久便回，我如今再擔擱他一日，待明日纔放他去。若得顧僉事回來，他便不敢去了，這事就十分乾淨了。」計較已定，走到個酒店上自飲三盃，吃飽了肚裡直延捱到午後方纔回家。魯公子正等得不耐煩，只為沒有衣服，轉身不得。姑娘也焦躁起來，教莊家往東村尋取兒子，並無蹤跡。走向媳婦田氏房前問道：「兒子衣服有麼？」田氏道：「他自己撿在箱裡，不曾留得鑰匙。」原來田氏是東村田貢元的女兒，倒有十分顏色，又且通書達禮。田貢元原是石城縣中有名的一個豪傑，只為一個有司官與他做對頭，要下手害他，卻是梁尚賓的父親與他舅子魯廉憲說了，廉憲也素聞其名，替他極口分辨，得免其禍。因感激梁家之恩，

明代風格的中國庭院。（圖片攝影、來源：WestportWiki）

把女兒許他為媳。那田氏像了父親，也帶三分俠氣。見丈夫是個蠢貨，又且不幹好事，心下每每不悅，開口只叫做「村郎」。以此夫婦兩不和。就連衣服之類，都是那「村郎」自家收拾，老婆不去管他。

卻說姑姪兩個正在心焦，只見梁尚賓滿臉春色回家。老娘便罵道：「兄弟在此專等你的衣服，你卻在那裡噇※21酒，整夜不歸？又沒尋你去處。」梁尚賓不回娘語，一逕走到自己房中，把袖裡東西都藏了，纔出來對魯公子道：「偶為小事纏住身子，擔擱了表弟一日，休怪休怪。今日天色又晚了，明日回宅罷。」老娘又罵道：「你只顧把件衣服借與做兄弟的，等他自己幹正務，管他今日明日！」魯公子道：「不但衣服，連鞋襪都要告借。」梁尚賓道：「有一雙青段子鞋，在間壁皮匠家納底※22，今晚催來，明日早奉穿去。」魯公子沒奈何，只得又住了一宿。到明朝，梁尚賓只推頭疼，又睡到日高三丈。早飯都喫過了，方纔起身，把道袍鞋襪慢慢的逐件搬將出來，無非要延捱時刻，等顧僉事回家。魯公子不敢就穿，又借個包袱兒包好，付與老婆子拿了。姑娘收拾一包白米，和些瓜菜之類，喚個莊客送公子回去。又囑付道：「若親事就緒，可來回覆我一聲，省得我牽掛。」魯公子作揖轉

註

※21 噇：讀作「床」。大吃大喝。

※22 納底：上底。

身。梁尚賓相送一步，又說道：「兄弟，你此去須是仔細，不知他意兒好歹，真假如何？依我說，不如只往前門，硬挺著身子進去，怕不是他親女婿，趕你出來！又且他家差老園公請你，有憑有據，須不是你自輕自重。他有好意，自然相請；若是翻轉臉來，你拚著與他訴落※23一場，也教街坊上人曉得。倘到後花園曠野之地，彼若暗算，你卻沒有個退步。」魯公子又道：「哥哥說得是。」正是：

背後害他當面好，有心人對無心人。

魯公子回到家裡，將衣服鞋襪裝扮起來，只有頭巾分寸不對，不曾借得，把舊的脫將下來，用清水擺淨，教婆子在鄰舍家借個熨斗，吹些火來，熨得直直的。有些磨壞的去處，再把些飯兒黏得硬硬的，墨兒涂得黑黑的。只是這頂巾也弄了一個多時辰，左戴右戴，只怕不正，教婆子看得件件停當了，方纔移步，逕投顧僉事家來。門公認是生客，回道：「老爺東莊去了。」魯公子終是宦家的子弟，不慌不忙的說道：「可報老夫人，說道魯某在此。」門公方知是魯公子，卻不知道來情，便道：「老爺不在家，小人不敢亂傳。」魯公子道：「老夫人有命，喚我到來。你去通報自知，須不連累你們。」門公傳話進去，稟說：「魯公子在外要見，還是留他進來，還是辭他？」孟夫人聽說，喫了一驚，想：「他前日去得，如何又到？」

且請到正所坐下，先教管家婆出去，問他有何話說？管家婆出來瞧了一瞧，慌忙轉身進去，對老夫人道：「這公子是假的◎8，不是前夜的臉兒。前日是胖胖兒的，黑黑兒的；如今是白白兒的，瘦瘦兒的。」夫人不信，道：「有這等事？」親到堂前簾內張看，果然不是了。孟夫人心上委決不下，教管家婆出去，細細的把家事盤問，他答來一字無差。孟夫人初見假公子之時，心中原有些疑。今番的人才清秀，語言文雅，倒像真公子的模樣。再問他今日為何而來？答道：「前蒙老園公傳話呼喚，因魯某羈滯鄉間，今早纔回，特來參謁，望恕遲誤之罪。」夫人道：「這是真情無疑了。只不知前夜打脫冒的冤家又是那裡來的？」慌忙轉身進房，與女兒說其緣故。又道：「這都是做爹的不存天理，害你如此，悔之不及！幸而沒人知道，往事不須題起了。如今女婿在外，是我特地請來的，無物相贈，如之奈何？」正是：

只因一著錯，滿盤都是空。

阿秀聽罷，呆了半晌，那時一肚子情懷，好難描寫：說慌又不是慌，說羞又不

註

※23訴落：即「數落」，責罵、訓斥。

眉批

◎8：認假爲眞，定然認眞爲假。（綠天館主人）

是羞，說惱又不是惱，說苦又不是苦，分明似亂針刺體，痛癢難言。喜得他志氣過人，早有了三分主意，便道：「母親且與他相見。我自有道理。」孟夫人依了女兒言語，出廳來相見公子。公子掇一把校椅朝上放下，「請岳母夫人上坐，待小婿魯某拜見。」孟夫人謙讓了一回，從傍站立，受了兩拜，便教管家婆扶起，看坐。公子道：「魯某只為家貧，有缺禮數。蒙岳母夫人不棄，此恩生死不忘。」夫人自覺惶愧，無言可答，忙教管家婆把廳門掩上，請小姐出來相見。阿秀站住簾內，如何肯移步？只叫管家婆傳語道：「公子不該擔擱鄉間，負了我母親一片美意。」公子推命道：「某因患病鄉間，有失奔趨，今方踐約，如何便說相負？」阿秀在簾內回道：「三日以前，此身是公子之身；今遲了三日，不堪伏侍巾櫛，有玷清門。便是金帛之類，亦不能相助了。所存金釵二股，金鈿一對，聊表寸意。公子宜別選良姻，休得以妾為念。」管家婆將兩般首飾，遞與公子。公子還疑是悔親的說話，那肯收下？阿秀又道：「公子但留下，不久自有分曉。公子請快轉身，留此無益。」說罷，只聽得哽哽咽咽的哭了進去。

魯學曾愈加疑惑，向夫人發作道：「小婿雖貧，非為這兩件首飾而來。今日小姐似有決絕之意，老夫人如何不出一語？既如此相待，又呼喚魯某則甚？」夫人道：「我母子並無異

✦金鈿是用古代一種金鑲製成的花形飾物。

心。只為公子來遲，不將姻事為重，所以小女心中憤怨，公子休得多疑。」魯學曾只是不信，敘起父親存日許多情分，「如今一死一生，一貧一富，就忍得改變了？魯某只靠得岳母一人做主，如何三日後也生退悔之心？」嘮嘮叨叨的說個不休。孟夫人有口難辨，倒被他纏住身子，不好動身。

忽聽得裡面亂將起來，丫鬟氣喘喘的奔來，報道：「夫人，不好了！快來救小姐！」嚇得孟夫人一身冷汗，巴不得再添兩隻腳在肚下。管家婆扶著左腋，跑到繡閣，只見女兒將羅帕一幅，縊死在牀上。急急解時，氣已絕了，喚叫不醒。滿房人都哭起來了。魯公子聽小姐縊死，還道是做成的圈套，撚※24他出門，兀自在廳中嚷刮※25。孟夫人忍著疼痛，傳語請公子進來。公子來到繡閣，只見牙牀錦被上，直挺挺躺著個死小姐。夫人罵道：「賢婿，你今番認一認妻子。」公子當下如萬箭攢心，放聲大哭。夫人道：「賢婿，此處非你久停之所，怕惹出是非，貽累不小，快請回罷。」教管家婆將兩般首飾，納在公子袖中，送他出去。魯公子無可奈何，只得揾淚出門去了。這裡孟夫人一面安排入殮，一面東莊去報顧僉事回來，只說女兒不願停婚，自縊身死。顧僉事懊悔不迭，哭了一場，安排成喪出殯不題。後人有詩

註

※24撚：趕、逐。

※25嚷刮：喧嘩、吵鬧。

贊阿秀云：

死生一諾重千金，誰料奸謀禍穽※26深？
三尺紅羅報夫主，始知污體不污心。

卻說魯公子回去，看了金釵細，哭一回，歎一回，疑一回，又解一回，正不知什麼緣故，也知是自家命薄聽致耳。過了一晚，次日，把借來的衣服鞋襪，依舊包好，親到姑娘家去送還。梁尚賓曉得公子到來，倒躲了出去。公子見了姑娘，說起小姐縊死一事。梁媽媽連聲感歎，留公子酒飯去了。梁尚賓回來問道：「方纔表弟到此，說曾到顧家去不曾？」梁媽媽道：「昨日去的，不知甚麼緣故，那小姐嗔怪他來遲三日，自縊而死。」梁尚賓不覺失口叫聲：「呵呀！可惜好個標致小姐！」梁媽媽道：「你那裡見來？」梁尚賓遮掩不來，只得把自己打脫冒事述了一遍。梁媽媽大驚，罵道：「沒天理的禽獸！做出這樣勾當，你這房親事，還是母舅作成你的。你今日恩將仇報，反去破壞了做兄弟的姻緣，又害了顧小姐一命，汝心何安？」千禽獸，萬禽獸，罵得梁尚賓開口不得。走到自己房中，田氏閉了房門，在裡面罵道：「你這樣不義之人，不久自有天報，休想善終！從今你自你，我自我，休得來連累人！」梁尚賓一肚氣正沒出處，又被老婆訴說。一腳踢開房門，揪了老婆頭髮便打。又是梁媽媽走來，喝了兒子出去。田氏搥胸大哭，要死要活。梁媽媽勸他不住，喚個小轎，抬回娘家去了。梁媽媽又氣又苦，又受了驚，又愁事跡敗露，當晚一夜不睡，發寒發熱，病了七日，嗚呼哀哉。田氏聞得婆婆死了，特來奔喪戴孝。梁尚賓舊憤不息，便罵道：「賊潑婦！只道你住在娘家一世，如何又有回家的日子？」兩下又爭鬧起來。田氏道：「你幹了虧心的事，氣死了老娘，又來消遣我！我今日若不是婆死，永不見你村郎之面！」梁尚賓道：「怕斷了老婆種？要你這潑婦見我！只今日便休了你去，再莫上門。」田氏道：「我寧可終身守寡，也不願隨你這樣不義之徒！若是休了，倒得乾淨，回去燒個利市。」梁尚賓一向夫妻無緣，到此說了盡頭話，憋一口氣※27，真個就寫了離書，手印付與田氏。田氏拜別婆婆靈位，哭了一場，出門而去。正是：

有心去調他人婦，無福難招自己妻。
可惜田家賢慧女，一場相罵便分離。

註

※26 穽：同今阱字，是阱的異體字。陷阱，此指設局陷害。

※27 憋一口氣：意氣用事、負氣。

話分兩頭。再說孟夫人追思女兒，無日不哭。想道：「信是老歐寄去的，那黑胖漢子，又是老歐引來的，若不是通同作弊，也必然漏泄他人了。」等丈夫出門拜客，喚老歐到中堂，再三訊問。卻說老歐傳命之時，其實不曾泄漏；是魯學曾自家不合借衣，惹出來的奸計。當夜來的是假公子，三日後來的是真公子。孟夫人肚裡，明明曉得有兩個人。那老歐肚裡還只認做一個人，隨他分辨，如何得明白？夫人大怒，喝教手下把他拖翻在地，重責三十板子，打得皮開血噴。顧僉事一日偶到園中，叫老園公掃地，聽說被夫人打壞，動撣不得，教人扶來，問其緣故。老歐將夫人差去約魯公子來家，及夜間房中相會之事，一一說了。顧僉事大怒道：「原來如此！」便叫打轎，親到縣中，與知縣訴知其事，要將魯學曾抵償女兒之命。知縣教補了狀詞，差人拿學曾到來，當堂審問。魯公子是老實人，就把實情細細說了，見有金釵鈿兩股，是他所贈。其後園私會之事，其實沒有。知縣就喚園公老歐對證。這老人家兩眼模糊，前番黑夜裡認假公子的面目不真，又且今日家主分付了說話，一口咬定魯公子，再不鬆放。知縣又徇了顧僉事人情，著實用刑拷打。魯公子吃苦不過，只得招道：「顧奶奶好意相喚，將金釵鈿助為聘資。偶見阿秀美貌，不合輒起淫心，強逼行奸。到第三日不合又往，致阿秀羞憤自縊。」知縣錄了口詞，審得魯學曾與阿秀，空言議

中國古代衙門差役所用之棍型兵器。（圖片來源、攝影：戀緣無悔）

婚，尚未行聘過門，難以夫妻而論。既因奸致死，合依威逼律問絞。」一面發在死囚牢裡，一面備文書申詳上司。孟夫人聞知此信大驚，又訪得他家只有一個老婆子，也嚇得病倒，無人送飯。想起：「這事與魯公子全沒相干，倒是我害了他。」私下處些銀兩，分付管家婆央人替他牢中使用，又屢次勸丈夫保全公子性命。顧僉事愈加忿怒。石城縣把這件事當做新聞，沿街傳說。正是：

好事不出門，惡事行千里。

顧僉事為這聲名不好，必欲置魯學曾於死地。

再說有個陳濂御史※28，湖廣籍貫。父親與顧僉事是同榜進士，以此顧僉事叫他是年姪。此人少年聰察，專好辨冤析枉。其時正奉差巡按江西。未入境時，顧僉事先去囑託此事。陳御史口雖領命，心下不以為然。蒞任三日，便發牌按臨※29贛

註

※28御史：古代官名。周代時掌贊書、授法令的事務。戰國時期爲史官，秦漢置御史大夫，爲三公之一，掌圖籍祕書，兼司糾察，官署稱爲御史府，東漢以來稱御史臺，以中丞爲臺長，專任彈劾。唐代御史臺又置大夫一人，中丞爲副，明代改爲都察院，以都御史統轄諸御史，清沿襲之。

※29按臨：巡察。

州，嚇得那一府官吏，屎流屁滾。審錄日期，各縣將犯人解進。陳御史審到魯學曾一起，閱了招詞，又把金釵鈿看了，叫魯學曾問道：「這金釵鈿是初次與你的麼？」魯學曾道：「小人只去得一次，並無二次。」御史道：「招上說，三日後又去，是怎麼說？」魯學曾道：「小人的父親，存日定下顧家親事。因父親是個清官，死後家道消乏，小人無力行聘。岳父顧僉事欲要悔親，是岳母不肯，私下差老園公來喚小人去，許贈金帛。小人羈身在鄉，三日後方去，那日只見得岳母，並不曾見小姐之面。這奸情是屈招的。」御史道：「既不曾見小姐，這金釵鈿何人贈你？」魯學曾道：「小姐立在簾內，只責備小人來遲誤事，莫說婚姻，連金帛也不能相贈了，這金釵鈿權留個憶念。小人還只認做悔親的話，與岳母爭辯。不期小姐房中縊死。小人至今不知其故。」御史道：「恁般說，當夜你不曾到後園去了？」魯學曾道：「實不曾去。」御史想了一回，「若特地喚去，豈止贈他釵鈿二物。詳阿秀抱怨口氣，必然先人冒去東西，連姦騙都是有的，又致羞憤而死。」便叫老歐問道：「你到魯家時，可曾見魯學曾麼？」老歐道：「小人不曾面見。」御史道：「既不面見，夜間來的，你如何就認得是他？」老歐道：「他自稱魯公

明代一個非常精緻的金鳳簪。

子，特來赴約，小人奉主母之命，引他進見的，怎賴得沒有？」御史道：「相見後幾時去的？」老歐道：「聞得裡面夫人留酒，又贈他許多東西，五更時去的。」魯學曾又叫屈起來。御史喝住了，又問老歐：「那魯學曾第二遍來，可是你引進的？」老歐道：「他第二遍是前門來的，小人並不知。」御史道：「他第一次如何不到前門，卻到後園來尋你？」老歐道：「我家主母差小人寄信，原教他在後園來的。」御史喚魯學曾問道：「你岳母原叫你到後園來，你卻如何往前門去？」魯學曾道：「他雖然相喚，小人不知意兒真假，只怕園中曠野之處，被他暗算，所以逕走前門，不曾到後園去。」御史想來：「魯學曾與園公，分明是兩樣說話，其中必有情弊。」御史又指著魯學曾問老歐道：「那後園來的，可是這個嘴臉？你可認得真麼？不要胡亂答應。」老歐道：「黑夜中小人認得不十分真，像是這個臉兒。」御史道：「魯學曾既不在家，你的信卻寄與何人的？」老歐道：「他家只有個老婆婆，小人對他說的，並無閒人在旁。」御史道：「畢竟還對何人說來？」老歐道：「並沒第二人知覺。」御史沉吟半晌，自想道：「不究出根由，如何定罪？怎好回復老年伯？」又問魯學曾道：「你說在鄉，離城多少？家中幾時寄到得信？」魯學曾道：「離北門外只十里，是本日得信的。」御史拍案叫道：「魯學曾，你說三日後方到顧家，是虛情了。既知此信有恁般好事，路又不遠，怎麼遲延三日？理上也說不去。」魯學曾道：「爺爺息怒。小人細稟。小人因家貧，往鄉間姑娘家借米。

聞得此信，便欲進城。怎奈衣衫藍縷，與表兄借件遮醜，已蒙許下。怎奈這日他有事出去，直到明晚方歸。小人專等衣服，所以遲了兩日。」御史道：「你表兄曉得你借衣服的緣故不曾？」學曾道：「曉得的。」御史道：「你表兄何等人？叫甚名字？」魯學曾道：「名喚梁尚賓，莊戶人家。」御史聽罷，喝散眾人，明日再審。正是：

如山巨筆難輕判，似佛慈心待細參。
公案見成翻老少，覆盆何處不冤含？

次日，案院※30小開門，掛一面憲牌※31出來。牌上寫道：

本院偶染微疾，各官一應公務，俱候另示施行。
本月　日。

府縣官朝暮問安，自不必說。話分兩頭。再說梁尚賓自聞魯公子問成死罪，心下倒

✦攝於約1901年的臺灣承宣布政使司衙門照片。

寬了八分。一日，聽得門前喧嚷。在壁縫張看時，只見一個賣布的客人，頭上戴一頂新孝頭巾，身穿舊布道袍，口內打江西鄉談，說是南昌府人，在此販布買賣。聞得家中老子身故，星夜要趕回，存下幾百疋※32布，不曾發脫※33，急切要投個主兒，情願讓些價錢。眾人中有要買一疋的，有要兩疋、三疋的，客人都不肯，道：「恁地零星賣時，再挨幾日，還不得動身。那個財主家一總脫去，便多讓他些也罷。」梁尚賓聽了多時，便走出門來，問道：「你那客人，存下多少布？值多少本錢？」客人道：「有四百餘疋，本錢二百兩。」梁尚賓道：「一時間那得個主兒？須是肯折些，方有人貪你。」客人道：「便折十來兩，也說不得。◎9只要快當※34，輕鬆了身子好走路。」梁尚賓看了布樣，又到布船去翻復細看，口裡嫌醜道歉。客人道：「你又不像個要買的，只管翻亂了我的布包，擔擱人的生意。」梁尚賓道：「怎見得我不像個買的？」客人道：「你要買時，借了銀子來看。」梁尚賓

註

※30案院：此指御史出外巡視所臨時設置的辦公官署，用以審理案件。
※31憲牌：官府頒布公告的告示牌。
※32疋：讀作「匹」。量詞。布帛類紡織品的計算單位。同「匹」。依據《中華民國教育部重編國語辭典修訂本》解釋。
※33發脫：售出。
※34快當：迅速。參考李平校注，《今古奇觀》，三民書局出版。

眉批

◎9：用利誘之。（綠天館主人）

道：「你若肯加二折，我將八十兩銀子，替你出脫了一半。」客人道，「我說是獃※35話。做經紀的，那裡折得起加二？況且只用一半，這一半我又去投誰？一般樣擔擱了。我說不像要買的！」又冷笑道：「這北門外許多人家，就沒個財主。四百疋布便買不起。罷罷！搖到東門尋主兒去。」梁尚賓聽說，心中不忿，又見價賤相應，有些出息，放他不下，便道：「你這客人好欺負人！我偏要都買了你的，看如何？」客人道：「你真個都買我的，我便讓你二十兩。」梁尚賓定要折四十兩，客人不肯。眾人道：「客人，你要緊脫貨，這位梁大官又是貪便宜的。依我們說，從中酌處，一百七十兩成了交易罷。」客人初時也不肯，被眾人勸不過，道：「罷，這十兩銀子，奉承列位面上。快些把銀子兌過，我還要連夜趕路。」梁尚賓道：「銀子湊不及許多，有幾件首飾，可用得著麼？」客人初時不肯，想了一回，叫聲：「沒奈何，只要公道作價。」梁尚賓邀入客坐，將銀子和兩對銀鍾，共兌准了一百兩。又將金首飾盡數搬來。眾人公同估價，夠了七十兩之數，與客收訖，交割了布疋。梁尚賓看這場交易，儘有便宜，歡喜無限。正是：

貪癡無底蛇吞象，禍福難明螳捕蟬。

原來這販布的客人，正是陳御史裝的。他託病關門，密密分付中軍官聶千戶安排下這些布疋，先僱下小船，在石城縣伺候。他悄地帶個門子，私行到此。聶千戶就扮做小郎跟隨，門子只做看船的小廝，並無人識破。這是做官的妙用。

卻說陳御史下了小船，取出見成寫就的憲牌，填上梁尚賓名字，就著聶千戶密拿。又寫書一封，請顧僉事到府中相會。比及御史回到察院，說病好開門，梁尚賓已解到了，顧僉事也來了。御史忙教擺酒後堂，留顧僉事小飯。坐間，顧僉事又提起魯學曾一事。御史笑道：「今日奉屈老年伯到此，正為這場公案，要剖個明白。」便叫門子開了護書匣※36，取出銀鍾二對，及許多首飾，送與顧僉事看。顧僉事認得是家中之物，大驚問道：「那裡來的？」御史道：「令愛小姐致死之由，只在這幾件東西上。老年伯請寬坐，容小姪出堂，問這起案與老年伯看，釋此不決之疑。」

御史分付開門，仍喚魯學曾一起覆審。御史且叫帶在一邊，喚梁尚賓當面※37。御史喝道：「梁尚賓，你在顧僉事家幹得好事！」梁尚賓聽得這句「好事」，青天裡聞了個大雷，正要硬著嘴分辯。只見御史叫門子，把銀鍾首飾與他認

註

※35 獃：讀作「呆」。蠢、愚昧。

※36 護書匣：放置文書的小木箱。

※37 當面：元明兩代的官場用語。指上堂見官。依據《漢語大辭典》的解釋。

贓，問道：「這些東西那裡來的？」梁尚賓抬頭一望，那御史正是賣布的客人，唬得頓口無言，只叫：「小人該死！」御史道：「我也不用夾棍，你只將實情寫供狀來。」梁尚賓料賴不過，一一招稱了。你說招詞怎麼寫？有詞名《鎖南枝》一隻為證：

寫供狀，梁尚賓。只因表弟魯學曾，岳母念他貧，約他助行聘。爲借衣服知此情，不合使欺心，緩他行。乘昏黑，假學曾，園公引入內室門。見了孟夫人，把金銀厚相贈。因留宿，有了奸騙情。三日後，學曾來，將小姐送一命。

御史取了招詞，喚園公老歐上來：「你仔細認一認，那夜間園上假裝魯公子的，可是這個人？」老歐睜開兩眼看了道：「爺爺，正是他。」御史喝叫皂隸※38：「把梁尚賓重責八十！」將魯學曾枷扭打開，就套在梁尚賓身上。合依強姦論斬，發本縣監候處決。布四百疋，追出，仍給鋪戶取價還庫。其銀兩首飾，給與老歐領回。金釵、金鈿，斷

✦梁尚賓抬頭一望，那御史正是賣布的客人，唬得頓口無言。（古版畫，選自《今古奇觀》明末吳郡寶翰樓刊本）

還魯學曾。俱釋放寧家。魯學曾拜謝活命之恩。正是：

奸如明鏡照，恩喜覆盆開。
生死俱無憾，神明御史臺。

卻說顧僉事在後堂，聽了這番審錄，驚駭不已。候御史退堂，再三稱謝道：「若非老公祖神明燭照，小女之冤幾無所伸矣！但不知銀兩首飾，老公祖何由取到？」御史附耳道：「小姪……如此如此。」顧僉事道：「妙哉！只是一件，梁尚賓妻子必知此情，寒家之首飾，定然還有幾件在彼，再望老公祖一併逮問。」御史道：「容易。」便行文書仰石城縣提梁尚賓妻嚴審，仍追餘贓回報。顧僉事別了御史自回。

卻說石城縣知縣，見了察院文書，監中取出梁尚賓問道：「你妻子姓甚？這一事曾否知情？」梁尚賓正懷恨老婆，答應道：「妻田氏，因貪財物，其實同謀的。」知縣當時僉票差人，提田氏到官。

註
※38皂隸：古代衙役多穿黑色衣服，是官府衙役的代稱。

話分兩頭。卻說田氏父母雙亡，只在哥嫂身傍，針指度日。這一日哥哥田重文正在縣前聞知此信，慌忙奔回，報與田氏知道。田氏道：「哥哥休慌，妹子自有道理。」當時帶了休書上轎，逕抬到顧僉事家來，見了孟夫人。夫人發了個眼花，分明看見女兒阿秀進來；及至近前，卻是個蘼生※39標致婦人，吃了一驚！問道：「是誰？」田氏拜倒在地，說道：「妾乃梁尚賓之妻田氏，因惡夫所為不義，只恐連累了，預先離異。貴宅老爺不知，求夫人救命！」說罷，就取出休書呈上。夫人正在觀看，田氏忽然扯住夫人衫袖，大哭道：「母親！俺爹害得我好苦也！」夫人聽得是阿秀的聲音，也哭起來，便叫道：「我兒有甚話說？」只見田氏雙眸緊閉，哀哀哭道：「孩兒一時錯誤了，失身匪人，羞見公子之面，自縊身亡，以完貞性。何期爹爹不行細訪，險些反害了公子性命，幸得暴白了。只是他無家無室，終是我母子擔誤了他。母親若念孩兒，替爹爹說聲，周全其事，休絕了一脈姻親，孩兒在九泉之下，亦無所恨矣！」說罷，跌倒在地。夫人也哭昏了。管家婆和丫鬟、養娘都團聚將來，一齊喚醒。那田氏還呆呆的坐地，問他時全然不省。夫人看了田氏，想起女兒，重覆哭起。眾丫鬟勸住了。夫人悲傷不已，問田氏可有父母。田氏回道：「沒有。」夫人道：「我舉眼無親，見了你，如見我女兒一般。你肯做我的義女麼？」田氏拜道：「若得伏侍夫人，賤妾有幸。」夫人歡喜，就留在身邊了。顧僉事回家，聞說田氏先期離異，與他無干。寫了一封書帖，和休書送與縣官，求他免提，轉回察院。又見田氏賢而有智，好生敬重，依了夫人，收為義女。夫人又說起女兒阿秀負魂※40一事：「他千叮萬囑，休絕了魯家一脈姻親。如今田氏少艾，何不就招魯公子為婿，以續前姻。」顧僉事見魯學曾無辜受苦，甚是懊悔。今番夫人說話有理，無有不依，只怕魯公子生疑，親到其家謝罪過了，又說續親一事。魯公子再三推辭不過，只得允從。就把金釵鈿為聘，擇日過門成親。

原來顧僉事在魯公子面前，只說過繼的遠房姪女。孟夫人在田氏面前，也只說贅個秀才，並不說真名真姓。◎10到完婚以後，田氏方纔曉得就是魯公子；公子方才曉得就是梁尚賓的前妻田氏。自此夫妻兩口和睦，且是十分孝順。顧僉事無子，魯公子承受了他的家私，發憤攻書。顧僉事見他三場通透，送入國子監，連科及第。所生二子，一姓魯，一姓顧，以奉兩家宗祀。梁尚賓子孫遂絕。

詩曰：

一夜歡娛害自身，百年姻眷屬他人。
世間用計行奸者，請看當時梁尚賓。

註

※39驀生：陌生。參考李平校注，《今古奇觀》，三民書局出版。
※40負魂：死者的魂魄附在活人的身上。

眉批

◎10：說出了亦難為情。（綠天館主人）

參考書目

1. 李平校注，抱甕老人原著，《今古奇觀》（台北：三民書局出版，二〇一六年六月。）
2. 吳書蔭校注，馮夢龍原著，無礙居士點評，《三言：警世通言》（北京：中華書局出版，二〇一五年六月。）
3. 吳書蔭校注，凌濛初原著，即空觀主人點評，《二拍：二刻拍案驚奇》（北京：中華書局出版，二〇一五年六月。）
4. 張明高校注，馮夢龍原著，可一居士點評，《三言：醒世恆言》（北京：中華書局出版，二〇一五年六月。）
5. 邱燮友、周何、田博元等編著，《國學導讀一—五冊》（台北：三民書局出版，二〇〇〇年十月。）
6. 馬積高、黃鈞主編，《中國古代文學史一—四冊》（台北：萬卷樓圖書股份有限公司，二〇〇三年）
6. 張明高校注，凌濛初原著，即空觀主人點評，《二拍：初刻拍案驚奇》（北京：中華書局出版，二〇一五年六月。）

7. 陳熙中校注，馮夢龍原著，綠天館主人點評，《三言：喻世明言》（北京：中華書局出版，二〇一五年六月。）

電子工具書：

教育部重編國語辭典修訂本 http://dict.revised.moe.edu.tw/cbdic/
教育部異體字字典 http://dict.variants.moe.edu.tw/
佛光大辭典 https://www.fgs.org.tw/fgs_book/fgs_drser.aspx
百度百科 http://baike.baidu.com/
維基百科 https://zh.wikipedia.org/zh-tw/
中央研究院漢籍電子文獻 https://www.google.com.tw/#q=%E7%80%9A%E5%85%B8
漢語大辭典 http://www.guoxuedashi.com/

國家圖書館出版品預行編目資料

今古奇觀. 三/ 抱甕老人原著 ; 曾珮琦編註. -- 初版. -- 臺中市 : 好讀, 2019.07

面 ;　公分. --（圖說經典 ; 37）

ISBN 978-986-178-499-1（平裝）

857.41　　　　108010172

好讀出版

圖說經典 37

今古奇觀（三）

【三難新郎】

原　著／（明）抱甕老人
編　註／曾珮琦
總 編 輯／鄧茵茵
文字編輯／莊銘桓
行銷企劃／劉恩綺
封面設計／鄭年亨
發 行 所／好讀出版有限公司
台中市407西屯區工業30路1號
台中市407西屯區大有街13號（編輯部）
TEL:04-23157795 FAX:04-23144188　http://howdo.morningstar.com.tw
（如對本書編輯或內容有意見，請來電或上網告訴我們）
法律顧問 陳思成律師

總經銷／知己圖書股份有限公司
106台北市大安區辛亥路一段30號9樓
TEL：02-23672044　23672047 FAX：02-23635741
407台中市西屯區工業30路1號1樓
TEL：04-23595819 FAX：04-23595493
E-mail：service@morningstar.com.tw
網路書店 http://www.morningstar.com.tw
讀者專線：04-23595819＃230
郵政劃撥 ：15060393（知己圖書股份有限公司）
印刷／上好印刷股份有限公司

線上讀者回函：
請掃描QRCODE

初版／西元2019年07月15日
定價：299元
如有破損或裝訂錯誤，請寄回知己圖書更換

Published by How-Do Publishing Co., Ltd.
2019 Printed in Taiwan

ISBN 978-986-178-499-1